L'ASSASSIN IMPOSSIBLE

LAURENT CHABIN

RAGEOT

Couverture de Thierry Alba.

Cet ouvrage a été imprimé sur un papier
issu de forêts gérées durablement,
de sources contrôlées.

ISBN 978-2-7002-3906-5
ISSN 1766-3016

Loi n° 49-956 du 16-07-1949 sur les publications
destinées à la jeunesse.

LES ROCHEUSES

La neige tombe en gros flocons épais. Pour notre première visite au chalet, nous sommes servis ! Nous devions arriver en fin d'après-midi, mais il fait déjà nuit et nous venons juste de dépasser Banff.

Derrière la vitre de la voiture, c'est à peine si j'ai pu distinguer les lacs Vermilion, en contrebas sur la gauche. Les flocons blancs rayent violemment la nuit, se jetant sur le pare-brise comme s'ils voulaient le pulvériser. Ils me rappellent presque les oiseaux dans le film d'Hitchcock...

Quand je pense au ciel bleu que nous avions en quittant Calgary ! Il n'a pas fallu une heure pour que le temps change du tout au tout, comme cela arrive souvent en montagne.

Mon père conduit lentement, il a l'air tendu.

– Rebecca, me dit-il, mets donc un peu de musique.

À l'arrière, mes amis, Stuart, Falyne et Geneviève commencent eux aussi à trouver le temps long. Dommage que nous ne puissions pas voir les montagnes Rocheuses, elles sont magnifiques. La plus belle vue qu'on puisse en avoir, c'est de Calgary même. Pas besoin de monter à la tour, cette affreuse construction de béton qui enlaidit le centre-ville. Depuis les quartiers ouest, en hiver, quand l'air est sec et le ciel impeccablement bleu, on les voit comme si elles étaient toutes proches, fermant l'horizon telle une immense rangée de dents de requin. Cette fois, nous nous dirigeons droit dans sa gueule.

Quand je pars en montagne par la Transcanadienne, ce n'est pas seulement notre univers citadin que je quitte, c'est notre univers tout court. Ces pics dentelés et couverts de neige, éblouissants sous le soleil, me ramènent aux contes de mon enfance. J'ai l'impression d'entrer dans le monde imaginaire du *Seigneur des anneaux*, aux confins des montagnes de Brume.

Après Canmore, en entrant dans le parc national de Banff, la montagne reprend ses droits. Finies les interminables lignes droites des plaines. La route serpente au fond de la vallée, puis remonte un peu vers le nord entre des massifs aux noms évocateurs : Castle Mountain, Columbia Icefield, Crowfoot Glacier...

Nous avons laissé Banff sur notre gauche depuis plus d'une heure maintenant. Pour arriver chez M. Larsen, nous avons dépassé le village de Lac Louise, puis quitté la Transcanadienne et remonté la vallée.

À partir de là, plus de camions, presque plus de voitures. La neige ne fond pas de tout l'hiver, la route est blanche et déserte, se partageant le fond de la vallée avec la rivière Bow.

Aujourd'hui, bien sûr, c'est différent puisqu'il neige et qu'il fait nuit. On ne voit ni le ciel ni le sommet des montagnes. Tout est noyé dans une obscurité impénétrable, zébrée par la chute des flocons dans la lumière des phares.

À notre droite, nous devinons la masse imposante de la montagne. Le nez collé au pare-brise, mon père essaie en vain de distinguer l'entrée du chemin qui conduit au chalet de M. Larsen. Si ça continue, nous allons finir gelés dans le champ de glace Columbia sans l'avoir trouvé !

Soudain une vive lumière jaillit sur notre gauche. Juste au bord de la route, garée dans un sentier, une voiture vient d'allumer ses phares. Surpris, mon père manque de perdre le contrôle de la voiture et nous faisons une embardée.

– Quels sauvages ! s'exclame-t-il. A-t-on idée d'aveugler les gens comme ça ! Enfin, ça nous aura au moins permis de repérer le chemin qui mène chez Larsen. Nous avons failli le rater.

Nous faisons péniblement demi-tour et nous tournons à droite. L'autre voiture, une grosse Jeep, n'a toujours pas bougé.

– Bizarre, reprend mon père. Qu'est-ce qu'ils peuvent bien fabriquer ici ? Ils sont peut-être en panne.

Il arrête la voiture, descend et s'approche de la Jeep. Stuart décide de sortir aussi pour se dégourdir les jambes. Finalement, je les rejoins à mon tour.

Deux hommes se trouvent dans la Jeep. Ils ont baissé la vitre et nous dévisagent sans discrétion. Avant que nous ayons pu leur adresser la parole, l'un d'eux nous demande brusquement ce que nous faisons là.

– Nous nous rendons au chalet de monsieur Larsen, au bout de ce chemin, explique mon père. Vous avez des ennuis ?

L'homme secoue la tête sans répondre, puis il relève sa vitre. Étrange individu. Son compagnon n'a pas desserré les dents. Mon père hausse les épaules et nous remontons tous en voiture.

Quelques secondes après avoir démarré, il jette un coup d'œil dans le rétroviseur.

– C'est curieux, fait-il. Ils n'ont toujours pas bougé. On dirait qu'ils attendent quelqu'un...

La neige continue de tomber.

LE CHALET DE M. LARSEN

Une demi-heure plus tard, nous nous retrouvons bien au chaud chez M. Larsen et nous oublions la tempête qui règne à l'extérieur.

Nous sommes six dans ce salon, en comptant mon père et notre hôte. Nous sommes venus passer le week-end dans ce chalet de montagne, un long week-end puisque lundi et mardi nos professeurs sont en journées pédagogiques et nous n'avons pas classe.

Nos parents nous ont donc permis de venir dans les Rocheuses, plutôt que de traîner à Calgary pendant quatre jours. Au programme, randonnées et ski de fond, sous la direction de M. Larsen, propriétaire des lieux et ami de longue date de mes parents.

Je connais déjà la maison. J'y suis venue avec Stuart et mes parents, un jour où nous avons skié à Lac Louise.

Stuart, qui a tendance à exagérer, m'avait dit qu'à son avis ce M. Larsen était complètement fou. C'est faux, bien sûr.

M. Larsen est un vieil homme à cheveux blancs, mais à son œil vif et bleu et à son allure sportive, on devine qu'il a su rester assez jeune. Il vit seul tout au long de l'année dans son chalet, avec son chat, au milieu des sapins.

C'est un original, d'accord. Tout ce que je sais de lui, c'est qu'il a voyagé dans le monde entier. Il a collectionné aventures et mésaventures dans des pays lointains, puis il s'est retiré dans la solitude du parc de Banff. C'est vrai que je le trouve un peu ours, mais mon père l'apprécie et il prétend qu'il y a beaucoup à apprendre de lui.

Mes parents et ceux de mes amis se sont donc arrangés avec lui pour le séjour. Il nous fera découvrir la vie sauvage au cœur du parc, au travers de sentiers peu fréquentés, et nous guidera dans nos randonnées à ski ou en raquettes.

Mon père repart ce soir pour Calgary et nous avons dû promettre de ne pas être un poids pour M. Larsen, qui n'a pas l'habitude de vivre avec des jeunes.

– Bien sûr ! s'est exclamée Falyne. Nous ne sommes plus des enfants ! Nous sommes en huitième année[1], non ?

Falyne mériterait même d'être en neuvième. Elle est plus grande que moi, plus dynamique aussi. Toujours prête à foncer, à faire des blagues, à prendre la tête de notre groupe. Elle a raison du reste, puisque nous la suivons...

Hélas, notre projet de balades en montagne s'annonce mal. La neige n'a pas arrêté de tomber et nous sommes confinés dans le salon en attendant que ça cesse. Si cela veut bien cesser !

Mon père n'a pas voulu s'attarder à cause des conditions de circulation. Il m'a embrassée puis il est reparti sans même boire un café. M. Larsen l'a accompagné jusqu'à sa voiture.

– Quand je pense que mes parents m'ont dit qu'un peu de sport serait bon pour moi, grommelle Stuart. J'ai l'impression que nous sommes assis là à ne rien faire depuis des heures. Je sens déjà mon ventre grossir !

– Nous pourrions jouer aux cartes, ou au Trivial Pursuit, propose Geneviève.

1. Équivalent à la classe de quatrième des collèges.

– Oui, c'est ça, reprend Stuart d'un ton rogue. Et pourquoi pas au bingo[1], comme des vieilles dames ? Quand je pense qu'il n'y a même pas d'ordinateur dans cette baraque !

– Calme-toi, Stuart, je le reprends d'un air sévère. Tu es invité ici, et la vie ne se résume pas aux souris et aux microprocesseurs.

– Je me le demande, répond-il. Il ne se passe jamais rien, dans la vie. Dans la mienne, en tout cas. Est-ce qu'il ne pourrait pas nous arriver quelque chose pour une fois ?

– Que veux-tu qu'il nous arrive ? demande Geneviève naïvement. Nous avons tout...

– Justement, réplique Stuart. Mais c'est trop ou trop peu. Je voudrais, je ne sais pas, moi, de l'imprévu, de l'inédit... de l'extraordinaire, quoi !

– Une attaque du chalet par les ours, par exemple ? suggère malicieusement Falyne, qui ne manque jamais une occasion de se moquer de lui.

– Ou par le Big Foot[2], j'ajoute en riant.

– Et pourquoi pas un crime ! reprend Falyne.

– Ça, ce serait génial ! s'exclame Stuart. Un crime inexplicable dans ce coin de montagne coupé du monde. Le téléphone en panne, pas moyen d'avertir la police...

1. Jeu de loto public au Canada.
2. Homme des neiges de l'Amérique du Nord.

– Et les loups hurleraient autour de la maison, ajoute Falyne.

– Exactement, continue Stuart sans paraître noter le ton narquois de notre amie. La tempête ferait rage, il y aurait des bruits suspects au grenier…

– Et je te vois assez bien dans le rôle du cadavre, ajoute Falyne en riant.

– Un cadavre ? s'étonne soudain une voix ironique derrière nous. Et qui donc voulez-vous tuer ?

Nous nous retournons brusquement. Debout dans l'embrasure de la porte, nonchalamment appuyé au montant, M. Larsen nous regarde, les yeux mi-clos. Je me sens obligée de rompre le silence.

– Rassurez-vous, monsieur Larsen. Il n'est pas question d'assassinat. D'ailleurs, personne n'aurait envie de jouer le rôle du cadavre. Ce n'était qu'une idée de Stuart.

– Ainsi tu as des idées de meurtre, Stuart ? reprend notre hôte.

– Certainement pas ! s'exclame Stuart, vexé. Je… je souhaitais simplement qu'il nous arrive quelque chose d'un peu… exaltant.

– Le ski peut être très exaltant, réplique M. Larsen. La nature elle-même est exaltante, vous verrez ça demain. La météo indique que la neige cessera de tomber dans la nuit.

– Oui, bien sûr, soupire Stuart. Je comprends ce que vous voulez dire. Mais ce n'est pas ce que j'entendais par exaltant.

– Qu'entendais-tu, alors ?

– Eh bien, je ne sais pas, moi, un événement imprévu, qui sorte de l'ordinaire, une aventure... J'ai l'impression que ça n'arrive qu'aux autres.

– C'est peut-être mieux ainsi, réplique M. Larsen. Les événements, les aventures, comme tu dis, peuvent être palpitants vus de l'extérieur, mais quand on les vit, on est parfois le premier à déplorer qu'ils se soient produits.

– Mais pourquoi ?

– Parce qu'on ne réagit pas dans la réalité comme dans les romans. Toutes ces aventures qui te passionnent au cinéma ou dans les livres, ces histoires effrayantes ou mystérieuses, as-tu déjà pensé à ce que serait ta réaction si tu en étais soudain l'acteur et non plus le spectateur ?

– Ce serait génial, non ?

– Super génial, ajoute Falyne.

– Vous en êtes sûrs ? Qu'une aventure exceptionnelle vous arrive, avec du sang et de la peur, et vous regretteriez bien vite le calme de votre chambre. Les criminels ne sont intéressants que dans les films ou les romans.

– Au contraire, insiste Stuart. Ce serait une expérience fabuleuse. Enfin la confrontation avec la vraie vie.

– Que prétends-tu donc connaître de la vie, jeune homme ? reprend M. Larsen en éclatant de rire. As-tu seulement déjà rencontré la peur ?

Stuart ne répond pas. Falyne a cessé de sourire. M. Larsen a raison. Pourquoi souhaiter des ennuis lorsqu'on n'en a pas ? Et puis demain, nous pourrons skier. Il vaut mieux oublier toutes ces histoires et aller nous coucher.

Il est d'ailleurs assez tard. Nous allons libérer le salon, où Stuart doit dormir. Falyne, Geneviève et moi occupons la seule chambre libre.

Ce n'est qu'au moment où je sors de la pièce que je remarque le chat de M. Larsen, un énorme matou gris, nonchalamment allongé sur une rangée de livres de la bibliothèque, derrière le canapé.

UN VISAGE DANS LA NUIT

J'ai du mal à m'endormir, je me tourne et me retourne dans mon lit. Je regarde ma montre. Une heure du matin !

Je repense à ces deux hommes, dans la Jeep, près de la route. Que faisaient-ils là, à une heure pareille, si loin du premier village ? Personne n'a fait allusion à leur présence pendant la soirée. Si mon père en a parlé à M. Larsen, au moment de repartir, celui-ci ne nous en a rien dit.

Je revois cette voiture stationnée au bord du chemin et ses occupants silencieux. Je ne me souviens pas avec précision de leur visage, je les ai à peine entrevus. Des types assez âgés, barbus jusqu'aux oreilles, avec des mines patibulaires...

En revanche, j'ai été frappée par ce que j'ai vu sur la banquette arrière : parmi un amoncellement d'objets, j'ai bien cru distinguer des ramures de cerf. Or la chasse est strictement interdite, tout le monde le sait. Ce sont peut-être des braconniers ?

Je me demande si je ne devrais pas me lever et prévenir M. Larsen. J'hésite. Il est tard, il doit dormir. Et puis après tout, mon père a dû lui en parler, je m'inquiète pour rien.

N'empêche, je n'arrive pas à trouver le sommeil. J'envie Falyne et Geneviève, dont j'entends près de moi la respiration régulière. Pour un peu, elles ronfleraient ! Je suis tentée de réveiller Geneviève pour lui confier mes craintes. C'est ma meilleure amie, nous sommes ensemble depuis la classe de première année. Elle est à la fois ma confidente et ma complice et sa gentillesse est inaltérable. Mais je ne le fais pas. Ce n'est pas à elle de supporter mes insomnies.

Je vais plutôt aller boire un verre d'eau ou du lait à la cuisine. Ça me calmera. Inutile d'allumer, je risque de réveiller tout le monde. L'éclat de la lune est suffisant.

Je me lève et me dirige doucement vers la porte. Le couloir est plongé dans l'obscurité, mais j'y vois assez pour me rendre au salon et trouver l'escalier qui descend à la cuisine.

À entendre les ronflements qui proviennent du sofa réservé à Stuart, je comprends qu'il est superflu de lui demander s'il dort. Pour Stuart, le monde est simple : il y a lui, et le reste qui gravite autour. C'est sans doute pour ça qu'il dort si bien…

Me voici dans l'escalier. Je progresse à tâtons car l'obscurité s'épaissit au fur et à mesure que je descends. Je ralentis. Je n'ai jamais beaucoup aimé le noir. Tout ça pour un verre de lait ?

Arrivée en bas, je me demande si je ne vais pas remonter et me contenter d'un peu d'eau dans la salle de bains. Le couloir est plongé dans la nuit et il y règne un froid affreux…

Allons, je m'effraie pour rien. La porte de la cuisine est la première sur la gauche, si je me souviens bien. Malheureusement je ne sais pas où se trouve l'interrupteur, mais en tâtonnant je devrais y être en quelques pas. Le cœur battant, j'avance dans le couloir.

Soudain je m'arrête, pétrifiée. J'ai l'impression qu'il y a quelqu'un tout près de moi ! Je n'ai entendu aucun bruit, pourtant, je ne sais pas ce qui me prend, c'est totalement irraisonné, mais c'est plus fort que moi, je sens une présence toute proche.

Un courant d'air glacé glisse sur mes pieds nus. Cette fois, ce n'est pas mon imagination. Je cherche désespérément à percer les ténèbres. C'est alors que je remarque que la porte d'entrée, tout au bout, est encadrée d'un côté par une ligne plus claire. La porte est ouverte !

Mon premier mouvement est de tourner les talons pour remonter en courant dans ma chambre. Puis je me raisonne. Comment puis-je être impressionnable à ce point ? La porte n'a pas été fermée hier soir, c'est tout. Je n'ai qu'à m'en charger puisque je suis là.

J'avance jusqu'à la porte. Mais au moment où je m'apprête à la pousser, j'arrête brusquement mon geste. J'ai entendu des bruits dehors. Des bruits de voix... De nouveau je me sens mal à l'aise, mais la curiosité est plus forte. Qui peut bien discuter dehors, au beau milieu de la nuit ?

Lentement, j'entrouvre la porte. L'air de la nuit me frappe en plein visage. Personne. La neige continue de tomber en gros flocons, aucun mouvement ne trouble cette blancheur baignée de lune. Le calme et le silence sont impressionnants. J'en viens à me demander si j'ai vraiment entendu quelque chose...

Tout cela est stupide. Je suis en train de rêver éveillée, je ferais mieux de remonter me coucher.

Je referme la porte et traverse le couloir jusqu'à l'escalier, sans me retourner, sans m'arrêter à la cuisine. Tant pis pour le lait. D'ailleurs, je tombe de fatigue.

Avant de me coucher, je décide toutefois de passer par la salle de bains. Ma gorge est sèche, un peu d'eau me fera du bien. Là non plus je n'ai pas besoin d'allumer. Cette pièce reçoit la lumière de la lune par une petite fenêtre qui donne sur l'avant du chalet.

Je bois un demi-verre d'eau et je m'apprête à regagner mon lit quand soudain un éclair au-dehors attire mon attention. Je me précipite à la fenêtre.

Des phares ! Là-bas, derrière les arbres qui bordent le chemin menant à la route principale, une voiture s'éloigne. Je n'aime pas ça. Qu'est-ce que ça signifie ?

La lumière disparaît progressivement sous les arbres. De nouveau tout est immobile. Réveiller les autres ? À quoi bon, maintenant, ça n'a pas de sens.

Je contemple un instant les arbres noirs chargés de neige. Je me souviens de l'époque où, petite fille, les sapins m'effrayaient parce que je croyais que des esprits malfaisants vivaient à l'intérieur. Des gnomes hideux et méchants, qui se confondaient avec l'écorce pendant le jour et s'en détachaient pendant la nuit pour s'approcher des maisons. Je souris...

Et soudain mon sourire se fige. Est-ce que je rêve ? Suis-je victime d'hallucinations ? Ou bien est-ce que je deviens folle ? Un visage grimaçant vient de se détacher d'un des arbres, en face de la fenêtre. Un visage de cauchemar, une figure terrifiante zébrée de marques noires, une véritable vision d'Halloween...

Je pousse un hurlement et me rue dans la chambre. Falyne et Geneviève, réveillées par mes cris, me regardent comme si je tombais d'une autre planète.

– Que se passe-t-il ? me demandent-elles, hébétées. On dirait que tu as vu le diable.

Je ne réponds pas tout de suite. Puis-je vraiment leur raconter ce que j'ai vu ? Et suis-je véritablement sûre de l'avoir vu ? Je n'arrive pas à y croire moi-même.

La voix de M. Larsen, dans le couloir, me calme soudain.

– Un problème ? demande-t-il d'un ton rassurant en frappant discrètement au montant de la porte.

La chaleur de sa voix chasse ma peur. Je raconte ce que j'ai vu. La porte de l'entrée ouverte, la voiture dans le chemin et cet affreux visage sous les arbres.

– Une voiture ? s'étonne M. Larsen. C'est impossible. Il n'y a personne ici. Entre Jasper et Lac Louise, tout est fermé en cette saison.

– Je l'ai pourtant vue, j'affirme avec insistance. Nous l'avons tous vue, d'ailleurs.

Et je lui raconte notre arrivée, la grosse Jeep arrêtée dans le chemin, ses occupants taciturnes et désagréables. Le visage de M. Larsen se ferme. Il semble brusquement inquiet. Pourtant il ne dit rien.

Enfin il sort lentement de la pièce, indécis.

– Nous verrons tout cela demain matin, déclare-t-il d'une voix mal assurée. Pour l'instant, tâchez de dormir. J'ai prévu de partir de bonne heure en randonnée.

Après son départ je reste assise dans mon lit. Je discute à voix basse avec Falyne et Geneviève. En ce qui concerne la mystérieuse voiture, il n'y a pas de doute : nous n'avons pas rêvé. Mais ce visage effrayant, que je n'ai entrevu qu'une fraction de seconde avant de me sauver, était-il réel ?

Je vois bien dans les yeux de mes amies qu'elles n'y croient pas vraiment. J'avoue que moi non plus je ne suis plus sûre de rien.

Finalement, la fatigue et le sommeil ont le dernier mot.

UNE DÉTONATION

Le lendemain matin, en me réveillant, je me précipite à la fenêtre. La neige a cessé de tomber. C'est splendide ! Les montagnes sont là, devant mes yeux, éblouissantes sous un ciel parfaitement bleu.

Quelle nuit cependant ! Et pourtant, avec le jour, les événements de la nuit semblent n'avoir été qu'une fantasmagorie. Des monstres sortant des arbres, c'est ridicule ! Quant à la voiture, eh bien, quelle affaire, la route est à tout le monde, non ?

Les Rocheuses ! Voilà qui est exaltant, en revanche. Ces montagnes sont superbes, couvertes d'un épais manteau blanc, avec leurs pentes habillées de sapins décorés de neige étincelante.

De la fenêtre, mon regard embrasse le fond de la vallée. La rivière est aux trois quarts gelée, mais par endroits la glace est brisée et l'eau miroite au soleil. Le versant est, exposé au soleil matinal, semble tout proche.

Je me sens pleine d'une énergie nouvelle. L'air de la montagne, sans doute. Je fais rapidement ma toilette, m'habille et me précipite à la cuisine. M. Larsen est déjà là, vêtu d'une chemise à carreaux et de knicker-bockers[1] qu'il attache avec de larges bretelles. Il est en train de préparer un solide petit-déjeuner.

– Bonjour, Rebecca, me salue-t-il en me voyant entrer. Je constate que tu es la plus matinale. Va donc secouer tous ces paresseux, nous partons sitôt le petit-déjeuner avalé.

Je ne me le fais pas dire deux fois, ne voulant rien laisser perdre d'une journée qui s'annonce magnifique. En peu de temps, Stuart et les deux filles sont debout, lavés, vêtus, puis attablés devant leurs copieuses assiettes.

– Bien dormi, Stuart ? questionne M. Larsen d'un ton moqueur. Pas de cauchemars ?

– Au contraire, j'ai dormi comme un loir. Je me sens prêt à faire le tour du monde.

Sacré Stuart ! Malgré son caractère, j'avoue que je l'aime beaucoup. Il m'amuse, et je sais que, dans le fond, ses manières un peu fan-

1. Culotte utilisée pour le ski.

faronnes dissimulent un cœur généreux. Cependant, je n'ose pas lui parler des événements de cette nuit, tant ils me semblent irréels. Et pourtant, cette voiture...

J'observe M. Larsen à la dérobée. Sous son apparente bonne humeur, j'ai l'impression qu'il essaie de dissimuler une certaine inquiétude. Craint-il quelque chose, dont il n'ose pas nous parler pour ne pas nous effrayer ?

Allons, tout cela est idiot. Je n'ai pas le droit de gâcher une aussi belle journée à cause de mon caractère fantasque. Je quitte la cuisine en vitesse : je n'ai pas envie d'être la dernière à boucler mon équipement.

Quelques minutes plus tard, nous sommes enfin prêts. Tous les quatre, devant la porte du garage, avec gants et bonnets, et nos skis aux pieds. M. Larsen est le dernier à se présenter.

– Excusez-moi pour le retard, dit-il en enfilant les courroies d'un énorme sac à dos. J'avais quelques bricoles à préparer...

Il sourit. Ses soucis semblent avoir disparu. Tant mieux. Mes parents m'avaient prévenue que notre hôte était imprévisible et qu'il était parfois un peu bougon. Il est sans doute dans un bon jour.

– Allons-y, lance finalement notre guide. Je vous rappelle que nous ne sommes pas dans un parc d'attractions et qu'il n'y a personne à des kilomètres à la ronde. Je tiens donc à ce que nous restions groupés.

– Vous êtes sûr qu'il n'y a aucun chasseur dans les environs ? demande Stuart.

– Aucun, réplique M. Larsen.

Nous nous trouvons dans un parc national, la chasse est interdite.

– Pas même des braconniers ? questionne Falyne. Hier soir nous avons vu...

– Jeunes gens, je crois que vous avez un peu trop d'imagination, coupe brusquement M. Larsen. Nous sommes absolument seuls, dans cette vallée. Et maintenant, partons.

Je ne sais pas si cela est dû à l'énervement, mais j'ai l'impression que M. Larsen ne dit pas la vérité. Il a l'air troublé.

Peut-être n'ai-je pas rêvé, après tout. Peut-être quelqu'un rôde-t-il vraiment dans les environs. Si on nous met tellement en garde contre les braconniers et les trafiquants, c'est bien parce que ces gens-là existent. Pourquoi prétend-il alors que nous sommes seuls ? Tout cela me paraît bizarre.

Heureusement, cette ambiance ambiguë ne dure pas. Le paysage grandiose des montagnes Rocheuses en février est capable d'effacer tous les soupçons.

Notre guide a pris la tête, reconnaissable entre mille avec son bonnet de laine rouge, ses chaussettes montantes de la même couleur et son sac à dos qui me semble beaucoup trop gros pour une randonnée de quelques heures.

Dans ses traces Geneviève, Falyne et moi. Stuart ferme la marche. Très vite, en glissant sur la neige au milieu des sapins coiffés de blanc, j'oublie tout pour me griser d'air pur et de lumière.

M. Larsen nous entraîne sur la neige fraîche en direction de la rivière. La piste est plate et dégagée. De chaque côté, les versants couverts de sapins montent vers le ciel.

Je n'ai jamais compris pourquoi on parle de la noirceur des sapins dans les livres. Ici les sapins sont verts. Vert sombre, peut-être, mais verts.

Au-dessus d'eux, la roche nue s'élève brusquement, comme si elle avait crevé ce tapis végétal.

Entre deux pics, nous apercevons parfois la masse bleutée et brillante d'un glacier, déposée là comme une pierre précieuse. J'imagine une aigue-marine perdue par un géant de légende...

Après un long trajet, nous obliquons enfin à droite et nous laissons la rivière derrière nous. La pente s'élève, insensiblement d'abord, puis de plus en plus raide. Assez loin devant nous, les premiers sapins dessinent une ligne sombre vers laquelle se dirige la piste.

M. Larsen est rapide. J'ai un peu de mal à suivre le mouvement, et la distance entre nous augmente de plus en plus. Derrière moi, Stuart s'impatiente.

– Rebecca, tu retardes tout le monde ! grogne-t-il. Je piétine. Mon seul paysage, c'est ton dos !

Il exagère. Après tout ce n'est pas une course. Et s'il n'est pas content de mes performances, il n'a qu'à quitter mes traces et passer devant.

Finalement M. Larsen, se rendant compte de la situation, s'arrête et ordonne une pause. Il était temps, je n'en peux plus. Pendant le repos, pour faire plaisir à Stuart, notre guide modifie l'ordre de marche. Stuart skiera en tête, M. Larsen suivra, et les autres conserveront la même place. Ainsi chacun avancera à son rythme.

Après la pause, nous repartons donc dans ce nouvel ordre, en direction des sapins. Bien entendu, une demi-heure ne s'est pas passée que Stuart a déjà disparu dans les sous-bois, avalé par les méandres de la piste. M. Larsen nous a pourtant conseillé de rester groupés.

Le plus curieux, c'est qu'il ne réagit pas. Sans doute n'est-il pas d'humeur à jouer les gendarmes. D'ailleurs, ce n'est pas son genre. Et puis, j'ai l'impression que Stuart l'agace un peu.

Cette côte n'en finit pas. À notre tour, nous pénétrons sous les arbres, mais je suis tellement essoufflée que je ne profite plus du paysage.

Au bout d'un moment, voyant notre fatigue, M. Larsen ordonne un nouvel arrêt.

– Vous pouvez vous reposer ici, nous dit-il. Je vais chercher Stuart, la plaisanterie a assez duré.

Et il repart seul, sur les traces laissées par notre ami. Sa foulée est longue et rapide, et très vite nous le voyons disparaître dans un virage, plus haut, sous les sapins.

Exténuée, je détache mes skis et je m'étends sur le dos, à même la neige, puis je me laisse aller au plaisir du farniente. Geneviève m'imite aussitôt, seule Falyne reste debout, les yeux fixés vers la piste que Stuart et M. Larsen ont empruntée.

Le silence est impressionnant. C'est comme si nous étions enveloppées dans du coton. Les yeux perdus dans le bleu intense du ciel, je me sens délicieusement engourdie. Pas un bruit, pas une mauvaise odeur, la ville est si loin…

Soudain je me relève en sursaut. Une détonation a retenti, toute proche.

Elle semble venir des arbres au milieu desquels nos compagnons ont disparu. C'est un coup de feu, il n'y a pas de doute, dont le claquement roule dans la vallée comme un coup de tonnerre.

Mon cœur se serre. Que se passe-t-il ?

UN CRIME DANS LA FORÊT

Je regarde Falyne et Geneviève, debout à côté de moi. Geneviève est blême, Falyne fronce les sourcils. Nous n'osons pas parler. Là-bas rien ne bouge. Après avoir longuement roulé dans la vallée, l'écho de la détonation s'est éteint, mais j'ai l'impression qu'il résonne encore à mes oreilles.

– S'il n'y a pas de braconniers dans le parc, murmure Falyne au bout d'un moment, j'aimerais bien savoir qui tire des coups de feu.

– Moi, dit Geneviève, ce que j'aimerais, c'est que les autres ne tardent pas trop à revenir. Tout cela ne me plaît pas du tout.

– Ce sont peut-être les gardes du parc qui ont trouvé un ours trop agressif et qui essaient de l'éloigner, je suggère pour la rassurer.

– Éloigner un ours à coups de fusil ! coupe Falyne. Où est-ce que tu as vu faire ça ? Et puis les ours hibernent en ce moment.

– Mais s'il y a un ours, c'est terrible, reprend Geneviève. Il a peut-être attaqué Stuart, peut-être va-t-il nous attaquer aussi ?

– Il faudrait aller voir, dit Falyne avec détermination.

Cette idée ne me plaît guère, et Geneviève y est opposée. De plus, il n'est pas question de nous séparer. Aussi décidons-nous de rester où nous sommes et d'attendre le retour de Stuart et de M. Larsen. D'ailleurs, ils nous donneront probablement une explication toute simple à ce coup de feu.

Nous nous asseyons dans la neige, à l'exception de Falyne, qui va et vient avec impatience. Le silence est revenu, troublé seulement par le crissement de ses chaussures dans la neige.

Une demi-heure s'écoule, sans que personne revienne. Notre énervement va croissant. Soudain, Falyne s'arrête et déclare :

– Ça ne peut pas durer ! Nous n'allons pas attendre ici, sans rien faire. Il a dû leur arriver quelque chose. Nous devons aller voir.

Cette perspective ne nous enchante pas, mais elle a raison. Je me lève sans entrain. Alors que j'attache les fixations de mes skis, un cri de Falyne me fait relever la tête :

– Regardez, là-bas ! Ils reviennent !

Effectivement, en haut de la piste, une silhouette se détache et s'avance vers nous. Une seule silhouette.

– C'est curieux, réagit Falyne. On dirait que c'est Stuart. Mais où est passé monsieur Larsen ?

Stuart approche rapidement, glissant dans les traces qu'ils ont laissées à l'aller. Pourquoi revient-il seul ? Les quelques minutes qu'il met à nous rejoindre nous paraissent des heures.

Enfin Stuart est là, à côté de nous, essoufflé. Sa figure devrait être rouge à cause de l'effort, mais je constate avec surprise qu'elle est blême. Stuart a l'air bouleversé.

– Que s'est-il passé ? demande brusquement Falyne sans lui laisser le temps de reprendre haleine. Où est monsieur Larsen ?

Sans répondre, Stuart la regarde, puis il baisse les yeux. Enfin il se racle la gorge et, d'une voix étouffée, il laisse tomber :

– Il est là-bas, il est resté là-bas... Il est mort.

– Ce n'est pas drôle, Stuart, arrête tes plaisanteries, elles ne font rire que toi.

– Je ne plaisante pas, répond-il avec peine. Je l'ai vu, couché dans la neige, immobile.

– Que veux-tu dire ? reprend Falyne. Il a eu un accident ?

– Non, fait Stuart d'une voix sourde, presque inaudible. Ce n'est pas un accident. Il a été assassiné…

Geneviève et moi sommes complètement abasourdies. Assassiné ? C'est horrible ! Contre toute attente Falyne se met brusquement en colère.

– Écoute, Stuart, crie-t-elle. Arrête de nous raconter des histoires, ce n'est pas le moment. Dis-nous plutôt ce qui se passe !

Stuart semble totalement déboussolé par cette attaque inattendue. Il n'ose pas soutenir le regard de Falyne, ni le nôtre.

– Mais je vous assure, balbutie-t-il. Ce ne sont pas des histoires. Je l'ai vu, allongé dans la neige, mort. Je… je n'ai pas su quoi faire, je suis revenu ici…

Ça me fait de la peine de voir Stuart ainsi, bredouillant, honteux, incapable de nous regarder en face. Lui qui est si sûr de lui, d'habitude, si brillant. Lui qui réclamait hier encore à grands cris une aventure, un crime, le voilà servi. Mais sa réaction est loin d'être celle qu'il imaginait !

– Stuart, lui dis-je doucement en posant la main sur son épaule, je te crois, nous voulons bien te croire, mais tu dois nous raconter tout ce que tu as vu exactement.

Stuart se reprend un peu, se redresse et, voyant que la colère de Falyne est tombée, il commence son récit :

– Eh bien, ce matin, j'ai été idiot… Je n'aurais pas dû partir seul en tête pour me distinguer, mais j'enrageais de me traîner à l'arrière. Et puis j'avais l'impression que monsieur Larsen nous considérait comme des gamins. Bref, j'ai filé et je vous ai semés rapidement. Je glissais très vite sous les arbres, j'étais très content de moi, je me sentais bien. Et tout à coup, j'ai entendu un coup de feu, derrière moi.

– Nous l'avons entendu aussi, commente sèchement Falyne. Monsieur Larsen était déjà parti à ta recherche depuis un certain temps.

– La détonation m'a surpris, reprend Stuart. J'ai immédiatement pensé à des braconniers, et je me suis demandé pourquoi monsieur Larsen persistait à nier qu'il y avait des chasseurs dans le parc. Je suis donc reparti en arrière pour vous rejoindre et voir ce qui se passait. J'ai skié un bon moment, car j'avais pris pas mal d'avance.

– Tu as vu quelqu'un ? interroge Geneviève avec appréhension.

– Non, j'étais seul. Le bois est assez dense, là-bas, mais ce qui est sûr, c'est qu'il n'y avait pas d'autres traces de ski que les miennes. Je commençais à fatiguer, mais j'allongeais le pas parce qu'à vrai dire, hum… eh bien, je ne me sentais pas très rassuré. C'est alors que je l'ai vu, dans un virage, allongé sur le côté de la piste. Je me suis précipité, pensant qu'il était tombé. Mais en m'approchant, j'ai remarqué une large tache de sang sous sa tête. Je me suis brusquement arrêté, paralysé. Il était inerte, couché sur le ventre, son visage était couvert de sang… Je me suis affolé, je ne me suis même pas demandé si l'assassin était encore là, embusqué derrière un arbre, et j'ai détalé pour vous rejoindre.

– Tu… tu ne l'as pas touché, pour voir s'il était vivant ? demande Falyne d'une petite voix.

– Non, non. Je te dis que j'ai paniqué, je n'ai pas réfléchi. La seule chose qui m'a frappé sur le moment, c'est qu'il n'y avait aucune trace dans la neige, à part celles de nos skis.

– Le coup de feu a pu être tiré d'assez loin, déclare Falyne. Mais comment peux-tu être sûr que monsieur Larsen est mort, si tu ne l'as même pas approché ? Peut-être n'est-il que blessé.

– C'est juste, répond Stuart en se ressaisissant. J'ai été stupide. Euh… il faut que je retourne là-bas.

– Pas question que tu partes seul, coupe Falyne. Nous devons rester groupés.

– Mais est-ce qu'il ne vaudrait pas mieux avertir la police ? s'alarme Geneviève.

– Plus tard, réplique Falyne. Le chalet est trop loin, et les secours mettront trop de temps à arriver. Si monsieur Larsen est blessé, il ne faut pas perdre une seconde.

Sans plus attendre, nous nous mettons en route, Falyne en tête, suivie par Stuart. Tout en peinant derrière eux, je me perds en conjectures. Qui a bien pu vouloir l'assassiner ? Et pourquoi ? Le meurtrier rôde-t-il encore dans les parages ? Est-ce un fou ? S'en tiendra-t-il à ce crime, ou voudra-t-il aussi supprimer les témoins ? Malgré la chaleur due à l'effort, je frissonne.

Bientôt le sous-bois s'épaissit. La piste est beaucoup plus sinueuse et la vue ne porte pas très loin.

Le paysage lugubre tranche avec les espaces ouverts et lumineux que nous avons traversés dans la matinée. Je ne me sens pas très à l'aise, mais je ne veux rien laisser paraître devant les autres.

Après de longues minutes d'un parcours fatigant, Stuart nous indique enfin que nous approchons.

– C'est là-bas, dit-il en pointant son doigt. Derrière ce gros arbre.

Sa voix tremble et, à l'approche du lieu du crime, je ne peux pas dire non plus que nous soyons très enthousiastes. Nous avançons lentement à présent, scrutant avec méfiance le sous-bois, croyant voir derrière chaque tronc une forme menaçante, imaginant dans les rares rayons de soleil qui parviennent jusqu'à nous l'éclat d'un fusil.

Le sentier monte jusqu'à un virage assez raide. Nous ne sommes plus qu'à quelques mètres. C'est là que se trouve M. Larsen, nous dit Stuart, en contrebas de la piste, invisible depuis l'endroit où nous nous trouvons.

Cette fois nous accélérons. Stuart a repris la tête. Il arrive le premier en haut de la côte. Et là il s'arrête et se fige, hébété. Dans un ultime effort nous le rejoignons et, à notre tour, nous contemplons sans comprendre un spectacle qui nous plonge dans une complète stupéfaction.

À quelques mètres de nous, près de l'empreinte laissée dans la neige par la chute d'un corps, une tache rouge sombre se détache sur la blancheur immaculée. Mais de cadavre, aucun. Le corps de M. Larsen a disparu !

DES TRACES DANS LA NEIGE

– Ils l'ont emporté ! s'exclame Stuart.

– Qui, ils ? demande Geneviève en jetant des regards inquiets autour d'elle.

– Eh bien je ne sais pas, moi, répond Stuart d'une voix mal assurée. Les assassins…

– Qu'est-ce qui te fait penser qu'ils étaient plusieurs ? interroge Falyne.

– Il a bien fallu que quelqu'un l'emporte, et avec ses skis et son sac à dos, ce n'était pas une mince affaire. Il aura fallu au moins deux hommes.

– Dites donc ! s'exclame Falyne dont les yeux sont fixés à l'endroit où le corps aurait dû être placé, vous ne trouvez pas ces traces bizarres ?

À notre tour nous examinons les lieux. Il y a de quoi surprendre, en effet.

À part l'empreinte du corps dans la neige, aucune trace n'est visible, aussi loin que le regard porte.

– Mais enfin, c'est invraisemblable ! s'écrie brusquement Stuart. Comment le cadavre a-t-il pu disparaître ? Il ne s'est tout de même pas envolé !

Instinctivement, nous nous rapprochons les unes des autres.

Falyne semble hésiter, puis elle décoche à Stuart un regard perçant et comme chargé de reproches.

– Stuart, reprend-elle après un long silence, tu es sûr que tu n'as pas monté une plaisanterie de mauvais goût avec monsieur Larsen pour nous effrayer, simplement parce que tu es en mal d'émotions ?

Stuart bondit. Il devient écarlate et il explose.

– Tu es folle ! s'écrie-t-il. Tu crois vraiment que je pourrais jouer à ça ? Ce que j'ai dit hier était un jeu, un jeu stupide peut-être, mais rien qu'un jeu. Je suis le premier à regretter ce qui arrive. Et puis, penses-tu que monsieur Larsen se serait prêté à une telle mise en scène ? Et cette tache de sang, tu crois que je l'ai inventée ? Il y a un criminel dans le coin, il est peut-être en train de nous observer. Cesse un peu de tout prendre à la légère !

Il a raison. M. Larsen a d'ailleurs été le premier à trouver ridicule qu'on puisse considérer un crime comme un divertissement potentiel. Non, il n'y a pas de doute : notre guide a bel et bien été assassiné, et le meurtrier ne peut pas être loin ! Que les circonstances du crime soient inexplicables ne change rien à sa réalité.

Falyne, d'ailleurs, se rend vite compte qu'elle s'est laissé emporter.

– Excuse-moi, reprend-elle, plus calme. Mais tout cela est si étrange, je n'y comprends rien.

– Ce que je comprends, intervient Geneviève, c'est que vous restez là à discourir alors que l'assassin court encore. Qui dit que nous sommes en sûreté ?

– C'est vrai, j'ajoute. Nous ne pouvons pas rester ici. Il faut rentrer au chalet le plus vite possible et avertir la police.

Il n'y a rien d'autre à faire pour le moment. Pour ne pas brouiller les pistes avant l'arrivée de la police, nous évitons de piétiner les lieux et nous repartons sans avoir quitté le sentier. Je consulte ma montre, il est plus de midi. Il faut se hâter.

Malgré notre fatigue et la faim qui commence à se faire sentir, nous ne faiblissons pas. Aucun de nous n'a envie de s'attarder dans ce lieu qui, en quelques instants, a perdu tout son charme.

À mi-chemin, nous faisons tout de même une pause car nous sommes épuisés. Allongée dans la neige, j'essaie de mettre un peu d'ordre dans mes idées. Quel crime abominable ! Et incompréhensible ! Comment a-t-il pu se produire ? Et pourquoi ?

Qui aurait eu intérêt à tuer un vieil homme solitaire ? Des braconniers ? Les deux étranges inconnus dans la voiture ? L'homme sous les arbres ?

M. Larsen avait l'air inquiet hier soir. Et puis je le revois, ce matin, nous affirmant qu'il n'y avait pas de chasseurs dans le parc. Je me souviens que son attitude m'a paru ambiguë, sans que je puisse m'expliquer pourquoi. Mais pour quelle raison nous aurait-il menti ?

Mes amis, à qui j'expose ces pensées, ne comprennent pas davantage.

– C'est curieux, en effet, dit Falyne. Peut-être voulait-il nous cacher certaines choses pour ne pas nous effrayer inutilement.

– Inutilement ! s'exclame Geneviève. Mais il y a eu crime ! S'il y avait un danger, et s'il en était conscient, pourquoi a-t-il pris le risque de nous emmener ? C'était de la folie !

– C'est peut-être lui, le criminel, hasarde Stuart. Moi aussi j'ai trouvé son attitude étrange. Son passé n'est peut-être pas irréprochable. Vous trouvez ça normal, vous, qu'un type qui a soi-disant fait plusieurs fois le tour du monde se retire dans un coin pareil ? Peut-être se cachait-il…

– Mais de qui ?

– Je ne sais pas, moi. De ses anciens complices, par exemple. Il a peut-être trempé dans des trafics douteux. Il a voulu se mettre à l'abri ici, mais les autres l'ont retrouvé pour le descendre. Ce sont eux qui étaient là hier soir et qui attendaient le moment propice. Quand il s'en est rendu compte, il a pensé que notre présence le protégerait.

– Il y a beaucoup de peut-être dans ton histoire, remarque Falyne. Sur quoi la bases-tu ? Et pourquoi ne pas faire intervenir la CIA, et le KGB ? Tu lis trop, Stuart.

Vexé, Stuart ne répond pas. Nous repartons en silence.

Bientôt le chalet est en vue. Nous respirons mieux. Mobilisant toute l'énergie qui nous reste, nous accélérons. La maison se rapproche rapidement. Mais quelques dizaines de mètres avant d'arriver, Stuart s'immobilise brusquement.

– Que se passe-t-il ? questionne Falyne. Tu as vu quelque chose ?

– Non, répond-il. Mais je me demande si nous ne sommes pas en train de nous jeter dans la gueule du loup. Un homme a été assassiné. Voici sa maison. Que sont devenus les assassins, dans cette contrée inhabitée ? Où ont-ils pu aller ?

– Tu veux dire qu'ils sont peut-être à l'intérieur ? fait Geneviève d'une voix étranglée.

– Je n'en sais rien, reprend Stuart. Mais c'est possible…

Cette idée me glace le sang. L'horrible individu que j'ai aperçu cette nuit serait dans la maison ? Et puis, isolés ainsi sur la blancheur de la neige, nous formons une cible facile !

– Il faut prendre une décision, déclare Falyne. Nous ne pouvons pas repartir dans la forêt, ni rester dehors sans savoir si un tireur embusqué nous surveille derrière ces fenêtres.

– Que proposes-tu, alors ? demande Geneviève.

– D'entrer dans la maison. Mais auparavant, d'en faire le tour et voir s'il y a des traces.

C'est risqué, mais nous n'avons rien d'autre à proposer, et il commence à faire froid.

Lentement, avec prudence, nous approchons du chalet, la peur au ventre. Mes jambes tremblent si fort que j'arrive à peine à tenir sur mes skis. Je ne connais pas le frisson de l'aventure, mais je pourrai dire que j'ai connu celui de l'angoisse !

Nous parvenons sans encombre près de la porte du garage. Personne ne s'est manifesté dans la maison, aucun bruit suspect ne s'est fait entendre. Tout en avançant, nous examinons minutieusement les alentours : pas de traces de ski ou de pas, hormis les nôtres, qui datent de ce matin. Ouf ! Je me sens un peu mieux, mais l'anxiété me tenaille toujours.

Nous enlevons rapidement nos skis, puis Falyne se précipite à la porte et y colle son oreille. Nous retenons notre respiration. Enfin elle se redresse.

– Je n'ai rien entendu, murmure-t-elle. Faisons le tour du chalet.

– Est-ce bien nécessaire ? demande Geneviève dans un souffle.

– Bien sûr. *Ils* sont peut-être entrés ici par-derrière.

Je me suis réjouie trop vite ! Évidemment, si un intrus se trouve à l'intérieur, il a pu entrer par-derrière. La peur m'envahit, atroce.

– Inutile de nous séparer, décrète Falyne à voix basse. Ce serait imprudent.

Aussitôt nous nous mettons en mouvement, à la queue leu leu. Personne ne parle, c'est à peine si nous osons respirer. Nous longeons le mur du garage par la gauche. Ce mur, ainsi que le suivant, est dépourvu de toute ouverture. La neige est si molle, si fraîche, que même un écureuil aurait laissé des traces.

Parvenue à l'angle de la maison, Falyne, qui a pris la tête, s'arrête un instant et jette un coup d'œil de l'autre côté.

– Tout va bien, chuchote-t-elle en se retournant vers nous. Personne en vue, continuons.

Nous poursuivons notre progression et nous arrivons près d'une cabane ajoutée à la construction principale. C'est une cabane de jardinier. Elle doit probablement s'ouvrir sur l'extérieur.

Stuart s'écarte du groupe pour la contourner par la gauche. Mais il n'a pas fait trois pas qu'il s'arrête en étouffant un cri. Nous le rejoignons aussitôt, et nous nous figeons sur place à notre tour. Sur la neige, nettement dessinées, des traces de raquettes viennent de la montagne et aboutissent à la porte de la cabane !

L'assassin est dans la maison !

PRIS AU PIÈGE

La peur s'abat soudain sur nous. Jusqu'ici elle était diffuse, elle nous entourait, elle nous guettait comme une bête fauve, mais nous espérions encore y échapper. Cette affaire n'était pas la nôtre.

Maintenant c'est différent. Nous sommes pris au piège. Comme le disait Stuart, nous nous sommes bêtement jetés dans la gueule du loup. Nous voilà perdus dans cette immense solitude, à la merci d'un assassin sans pitié.

Pour ne pas m'effondrer, je m'adosse au mur du chalet. Geneviève m'imite. Je pense aussi que, instinctivement, nous nous sentons un peu plus protégées en nous plaçant hors de vue des fenêtres de l'étage, qui sont légèrement en surplomb.

Après un instant d'indécision, Stuart et Falyne, blancs comme des linges, nous rejoignent et se serrent contre nous. Nous restons là un bon moment, les jambes flageolantes, sans oser émettre le moindre son.

– Nous sommes fichus, murmure Stuart d'une voix haletante. Avec le bruit que nous avons fait, il nous a certainement repérés.

– Ce n'est pas sûr, chuchote Falyne après un long silence. Le chalet est très bien insonorisé. Il y a des doubles vitrages. Quand les fenêtres sont fermées, on n'entend pratiquement rien de ce qui se passe au-dehors.

– Je te trouve bien naïve, tout d'un coup, rétorque Geneviève d'une voix rauque. Tu n'imagines tout de même pas que l'assassin dort tranquillement là-haut en attendant que nous allions chercher la police !

– Il ne peut pas ignorer notre existence, j'ajoute. Nous étions visibles à des kilomètres, sur cette neige. Depuis hier soir le tueur et ses acolytes surveillent la maison. Ils nous ont vus arriver, ils savent que nous sommes là…

– Alors ça veut dire que nous sommes les suivants sur leur liste ! déclare Stuart.

– Mais s'ils avaient voulu nous supprimer, observe Falyne, pourquoi ne l'ont-ils pas fait là-bas, sous les arbres ? Nous étions à leur portée, sans défense. Or ils ont attendu que monsieur Larsen soit seul.

Je vois Stuart piquer du nez à cette remarque. Le pauvre ! Il doit se sentir responsable de ce qui arrive. C'est à cause de lui, en effet, que M. Larsen s'est retrouvé seul dans les bois. Et puis, avec ce crime qui défie la raison, il y a de quoi être mal à l'aise.

– Quoi qu'il en soit, reprend Falyne, nous ne pouvons pas rester dehors. La nuit va tomber, et...

– Et nous en profiterons pour nous enfuir, coupe Geneviève. Je ne tiens pas à m'éterniser ici. Vous êtes peut-être des héros, mais moi, je suis morte de peur.

– Et où penses-tu aller ? réplique Falyne. Nous sommes à des kilomètres de toute présence humaine. On ne va quand même pas se rendre à Lac Louise pour prévenir les gardes du parc national, on risque de se perdre dans la montagne.

– Qu'est-ce que tu proposes, alors ?

– Eh bien... je crois qu'il n'y a qu'une solution : nous devons essayer d'entrer dans la maison...

– C'est de la folie ! je m'écrie d'une voix étouffée. Que pouvons-nous faire contre des hommes armés ? Nous ne savons même pas combien ils sont !

– Il n'y a qu'une seule trace qui aboutisse à cette porte, dit Stuart, qui semble retrouver un peu d'assurance. À moins que plusieurs types se soient amusés à mettre leurs pas dans ceux de celui qui les précédait – ce qui me paraît invraisemblable – j'en déduis qu'un seul homme est entré dans le chalet.

– Bravo, inspecteur, ironise Falyne. Mais j'en déduis aussi qu'il n'est pas ressorti. Il faudra donc être extrêmement prudents. C'est un assassin, pas un voleur de pommes.

– Hier soir nous avons vu deux hommes, dit Geneviève, et tout à l'heure Stuart nous certifiait qu'il en avait fallu au moins deux pour faire disparaître le corps de monsieur Larsen. Maintenant il nous prouve qu'il n'y en a plus qu'un seul. Où est la logique ?

– Et où se trouve monsieur Larsen ? j'ajoute faiblement.

Stuart ne répond pas. Il avale péniblement sa salive. Falyne le regarde. Elle non plus, n'a pas de réponse.

– Allons-y, annonce enfin Stuart en respirant un grand coup. Je passerai devant et je vous ferai signe au moindre danger.

– Ne te sens pas obligé de prendre ce risque, lui dit Falyne. Après tout, c'est moi qui ai proposé d'entrer dans le chalet. C'est à moi d'y aller.

– Nous n'allons pas nous disputer, rétorque Stuart, ni chercher maintenant un responsable. De toute façon, je n'ai pas dit que j'y allais seul. J'espère que vous serez derrière moi...

Cet échange a lieu à voix basse, bien entendu. Pourtant, à chaque phrase, nous avons l'impression de pousser des hurlements à réveiller les morts, comme si chaque mot, même murmuré avec la plus grande discrétion, allait éclater aux fenêtres de l'étage.

Le soleil a disparu derrière les montagnes. Grâce à l'éclat de la neige, il fait encore assez clair, mais le froid tombe et l'ombre va rapidement gagner du terrain.

Nous décidons de revenir au garage, en contournant le chalet par l'autre côté pour vérifier qu'aucune autre empreinte ne s'y trouve. Ce matin, en partant, M. Larsen n'a pas verrouillé la porte, nous pourrons donc entrer facilement.

Sans un bruit, nous nous glissons de nouveau le long du mur. À chaque seconde, je suis tentée de lever les yeux vers les fenêtres de l'étage, mais j'appréhende tellement d'y apercevoir de nouveau le visage hideux et ricanant que je n'ose à aucun moment détacher mon regard du sol.

Je sais très bien que, de l'étage, il est impossible de voir le pied du mur à moins de sortir la moitié du corps par la croisée, cependant je sens cette menace au-dessus de nos têtes comme une épée de Damoclès. J'ai beau me raisonner, mon estomac reste noué. Je ne ressens même pas la faim que je devrais éprouver.

Nous avons achevé le tour de la maison. Nulle part nous n'avons trouvé d'autres traces. Arrivés à la porte du garage, nous examinons le système d'ouverture. La lumière est désormais très faible et nous n'y voyons pas grand-chose.

– Ce qui est sûr, murmure Stuart, c'est que si nous ouvrons cette porte, le bruit sera tellement épouvantable qu'on nous entendra jusqu'en Colombie-Britannique !

– Ce n'est pas nécessaire de faire fonctionner le mécanisme, répond Falyne. Essayons de la soulever très légèrement et nous nous glisserons dessous. Vingt ou trente centimètres devraient suffire.

– Hum, fait Stuart en passant la main sur son ventre. Heureusement que nous n'avons rien mangé depuis ce matin. Je commence à avoir drôlement faim, d'ailleurs.

– Assez parlé, allons-y.

Lentement, très lentement, Stuart fait tourner la poignée qui commande l'ouverture. M. Larsen doit être très soigneux car, contrairement à ce que nous redoutions, aucun grincement ne se fait entendre.

Quand le déclic retentit, Falyne, Geneviève et moi bloquons le bas de la porte pour éviter qu'elle ne s'ouvre en grand avec un tintamarre de tous les diables.

Puis nous la tirons légèrement, tout en la maintenant fermement, et elle commence à basculer, centimètre par centimètre. Quand il juge l'ouverture suffisante, Stuart se couche sur le sol et, après nous avoir adressé un regard inquiet, il se glisse à l'intérieur.

C'est notre tour, à présent. Une à une, nous passons dans l'étroite ouverture et, une fois de l'autre côté, nous bloquons la porte pour l'empêcher de basculer complètement.

Lorsque nous nous retrouvons tous les quatre à l'intérieur, nous la tirons à nous pour refermer, avec d'infinies précautions. Enfin, la porte est fermée. Ça y est. Nous sommes dans la place.

Au moment où le dernier rai de lumière disparaît sous la porte, je ressens un violent pincement au cœur et une sueur glacée coule entre mes épaules. Mais il est trop tard pour reculer. Je me demande si nous savons ce que nous faisons. Nous sommes fous…

L'obscurité est totale. Nous n'avons qu'une seule certitude : nous sommes cinq dans cette maison. Nous et un assassin dont nous ignorons tout.

Et brusquement, la lumière jaillit !

SUEURS FROIDES

Que s'est-il passé ? Une lumière blanche et crue inonde le garage, aveuglante. D'instinct, je me plaque contre le mur. Je vois Stuart et Falyne se jeter à terre contre une grosse voiture noire. Geneviève, elle, reste immobile, la bouche ouverte, les bras écartés, pétrifiée.

J'ose à peine bouger. Il n'y a pas un bruit. Où est l'assassin ? Que fait-il ? Pourquoi ne se montre-t-il pas ? Prend-il plaisir à nous plonger dans la terreur, jouit-il du pouvoir qu'il a sur nous ? Pire qu'un tueur, c'est un fou, un fou dangereux. Que va-t-il faire de nous ?

Rien pourtant ne vient rompre le silence. Les bras de Geneviève retombent doucement le long de son corps. Sa bouche se referme. Enfin elle tourne lentement la tête vers moi.

– Rebecca, tu as vu quelque chose ? me demande-t-elle dans un souffle.

– Non, je chuchote. Je n'y comprends rien. Il n'y a personne... Stuart, Falyne, où êtes-vous ?

Tout à coup, j'aperçois notre ami qui se dégage de la voiture sous laquelle il s'était caché. Il se relève péniblement, suivi par Falyne, qui se trouvait avec lui. À part nous et la grosse voiture de M. Larsen, le garage est vide. Illuminé mais vide. Qui donc a allumé ?

Nous promenons nos regards autour de nous avec angoisse : rien ne bouge. La porte du fond, qui communique avec la maison, est fermée.

Un cadavre qui disparaît sans laisser de traces, une lampe qui s'allume toute seule... est-ce que je deviens folle ? Est-ce que je rêve ? Ce n'est plus possible, je voudrais que ce cauchemar cesse une fois pour toutes.

Stuart fixe le mur, juste à côté de moi, l'air hébété. Qu'a-t-il vu ? Je m'écarte vivement, comme si une mygale ou un serpent venimeux se trouvait là, près de mon épaule, puis je me retourne. Mais je ne vois rien, rien d'autre qu'un interrupteur.

De nouveau je me tourne vers Stuart. Cette fois, il baisse la tête.

– C'est trop bête, bredouille-t-il. Je... je crois que c'est moi qui ai allumé. Par inadvertance.

Je me suis appuyé sur le mur, et j'ai touché l'interrupteur. Je ne l'ai pas fait exprès…

Je pousse un soupir de soulagement. Pauvre Stuart ! Lui qui se voyait en héros, résolvant les problèmes les plus épineux, traquant sans répit les bandits, nous sauvant la vie, peut-être. Les garçons ont une imagination débordante ! Et pourtant, que ne donnerait-il pas, à présent, pour que tout cela ne soit jamais arrivé !

Cependant son intervention nous sort de notre inertie. La menace du mystérieux meurtrier est provisoirement écartée, mais nous ne sommes pas pour autant sortis de ce mauvais pas. Tôt ou tard, nous le savons, nous nous retrouverons face à ce personnage invisible et redoutable.

En attendant, nous voici dans la maison, et nous ne sommes pas plus avancés.

– Qu'allons-nous faire maintenant ? demande Geneviève, qui n'a toujours pas bougé. Et ne pourrait-on pas éteindre cette lampe ? Le noir est effrayant, mais la lumière est encore pire, elle risque d'attirer l'attention sur nous. Nous n'en avons pas besoin.

– Tu as raison, dit Falyne en se dirigeant vers l'interrupteur pour éteindre. Quant à ce qu'il convient de faire, c'est simple : explorer la maison, trouver le téléphone et appeler la police.

– Ça ne tient pas debout, déclare Geneviève avec un mouvement d'humeur. Comment espères-tu faire tout ça au nez et à la barbe de l'assassin ? Tu crois peut-être qu'il te laissera agir tranquillement et qu'il attendra l'arrivée des policiers pour qu'ils lui passent les menottes ?

– En réalité, reprend Falyne après une brève hésitation, je ne crois pas qu'il soit dans la maison. C'est trop calme, trop silencieux. Et puis, quelle raison aurait-il de rester ici ?

– Quoi ! s'exclame Stuart. Et les traces ? Elles arrivent jusqu'à la porte, mais elles ne repartent pas. Je suis quand même capable de reconnaître dans quelle direction se dirigent des traces de raquettes ! Il ne peut pas avoir quitté le chalet. Il est forcément ici !

– Mais qu'est-ce qu'il fabrique ? demande Geneviève avec nervosité. Et où se trouve son complice ?

– Ça confirme ma thèse, dit Stuart avec aplomb. Le vieux Larsen appartenait à un réseau de trafiquants ou de braconniers. Ils ne sont sans doute pas venus seulement pour le tuer. Il y a certainement des papiers compromettants à récupérer, et pendant que l'un est occupé à faire disparaître le cadavre, l'autre fouille la maison.

Geneviève ne répond pas. Le raisonnement de Stuart est plutôt douteux.

– Dans ce cas, je réplique en commençant à m'affoler, il vaudrait mieux essayer de nous échapper. C'est trop risqué de rester ici.

Il y a un moment de flottement. Même Falyne semble déstabilisée.

– Dites donc, intervient alors Stuart, et la voiture ? Si les clés étaient sur le tableau de bord, ce serait une chance.

– Tu sais conduire ? s'étonne Falyne.

– Non, mais ce serait l'occasion d'essayer. Et puis nous n'avons pas le choix.

À tâtons, il cherche la portière, la trouve, et l'ouvre doucement. La veilleuse s'allume dans la voiture, jetant une faible clarté dans le garage. Nous entendons grincer les suspensions quand Stuart grimpe à l'intérieur.

– Alors, elles y sont ? chuchote Falyne.

– Non.

– Eh bien, nous sommes coincés ici, conclut Falyne.

– Dans les films, rappelle Stuart, on arrive toujours à démarrer les voitures sans clés, en tripotant les fils ou je ne sais quoi.

– Ah oui, dans les films ! s'exclame Falyne. Et est-ce que tu sais comment il faut faire ? Est-ce que quelqu'un le sait ?

Personne ne relève. Falyne a raison. Si tout s'arrange à merveille pour les aventuriers de l'écran, dans la réalité il en va autrement. Cette voiture ne bougera pas d'ici.

Falyne l'a bien dit : nous ne sommes pas au cinéma. Nous ne comprenons rien à ce qui nous arrive, et en plus nous sommes submergés par la peur. Nous nous dévisageons en silence.

– Soyons logiques, reprend Falyne. Il y a un type dans ce chalet. Il est armé, d'accord, mais apparemment il est seul. Nous, nous sommes quatre. Il n'y a aucune raison pour qu'il déclenche un massacre dans l'obscurité en prenant des risques, alors qu'il pouvait se débarrasser de nous en toute sécurité quand nous étions dehors.

– Il n'y a pas de raison, il n'y a pas de raison ! répète Geneviève. Tu en as de bonnes ! Tu trouves que la raison a sa place dans cette histoire ? Et qu'est-ce qui prouve que toi, tu as raison ? Ce que nous risquons, c'est de nous faire assassiner à notre tour.

Je suis de l'avis de Geneviève. Mais d'un autre côté, pouvons-nous rester tapis dans ce garage en attendant que le meurtrier vienne nous y débusquer ? Je demande à Falyne quel est son plan. Elle réfléchit un moment, puis déclare :

– Il y a plein d'outils, dans ce garage. Des marteaux, des tournevis, des scies. Et aussi des pioches, des fourches... Armons-nous et, de gibier, transformons-nous en chasseurs. L'avantage est à celui qui attaque, paraît-il.

J'avale péniblement ma salive. Moi qui suis incapable de tuer une mouche ! Cependant, malgré mes réticences, malgré la peur qui me paralyse, je dois reconnaître que c'est sans doute la seule chose à faire.

La portière de la voiture est restée ouverte et la veilleuse nous donne un peu de lumière. Dans la semi-obscurité, nous fouillons parmi les outils de M. Larsen. Je choisis une fourche, davantage à cause du sentiment de sécurité que me procure la taille de l'engin que pour son efficacité.

Je vois Stuart hésiter devant une énorme tronçonneuse, mais il se rabat plus raisonnablement sur une lame de tondeuse à gazon. Falyne et Geneviève, elles, se munissent de hachettes. Nous sommes prêts.

La gorge sèche, l'estomac noué à tel point que nous ne pensons pas à la faim qui nous tenaille, nous nous dirigeons vers la porte qui donne sur l'habitation. Stuart a insisté pour prendre la tête. Il ouvre la porte, hésite un instant, puis il s'engouffre dans le corridor obscur.

C'est à ce moment-là que je me rends compte que je suis la dernière de la file. Et quand je passe la porte à mon tour, les mains crispées sur le manche de la fourche, je sens avec horreur les ténèbres se refermer dans mon dos...

UN CRI INHUMAIN

Plusieurs sentiments se bousculent en moi. La peur de voir surgir soudain l'inconnu, armé d'un fusil, celle de me prendre les pieds dans cette lourde fourche et d'alerter l'assassin, mais aussi la haine de cet individu qui a abattu froidement M. Larsen. J'en suis épouvantée, car je me rends compte que seule cette haine réussit à me faire surmonter ma peur.

Je ne sais pas si Stuart a un plan précis en tête, mais maintenant que nous sommes dans le chalet, j'ose à peine ouvrir la bouche, même pour laisser échapper un soupir.

Nous avons atteint l'extrémité du couloir. Nous savons qu'au rez-de-chaussée il n'y a que le garage, une buanderie, la cuisine et une vaste pièce remplie d'un bric-à-brac indescriptible, dans laquelle M. Larsen se livrait, selon ses dires, aux joies du bricolage et de l'artisanat.

Le téléphone est en haut, ainsi que toutes les pièces d'habitation proprement dites.

L'escalier se trouve là, sur notre gauche. Il débouche directement dans le salon, une grande pièce ouverte.

Réunis près de la première marche, nous constatons qu'une faible lueur baigne le premier étage. Mais quelle lampe peut donner un éclairage aussi inconsistant ? Une lampe torche, peut-être. L'assassin est là-haut, il fouille, il cherche...

Et puis non, décidément. Si c'était le cas, nous verrions bouger le faisceau de lumière. D'ailleurs c'est une lumière bleutée.

Je comprends enfin. Il ne s'agit pas d'une lampe, mais tout simplement de la clarté de la lune, qui entre par les fenêtres sans rideaux de l'étage.

Stuart s'engage le premier, après avoir enlevé ses chaussures.

Nous l'imitons et nous le suivons, en retenant notre souffle. Marche après marche, nous parvenons en haut de l'escalier. Quelle idée j'ai eue de m'encombrer d'un outil aussi peu pratique ! Non seulement il me gêne mais je risque de blesser quelqu'un...

Soudain Stuart s'immobilise et, d'un geste du bras, il nous fait signe de nous arrêter. Qu'a-t-il vu ? Nous ne pouvons bien évidemment pas le lui demander : s'il vient d'apercevoir l'assassin, ce n'est pas le moment de nous trahir par des chuchotements.

J'écarquille les yeux, en vain, et je serre encore plus fort le manche de la fourche. Je suis tétanisée par la peur.

Tout se passe alors très vite et nous n'avons pas le temps de réfléchir. Je vois tout à coup la silhouette de Stuart se détendre violemment et se pencher comme s'il venait de lancer un objet. Sa lame de tondeuse ! Il a touché son but ! Un cri aigu retentit, un cri affreux, strident, un cri inhumain !

Stuart se met à hurler à son tour et se précipite en avant, suivi de Falyne et Geneviève qui brandissent leur hachette. Je n'hésite pas une seconde. Galvanisée par ces clameurs, je me jette à mon tour dans la mêlée, ma fourche pointée droit devant moi, en criant à m'en arracher la gorge.

C'est une confusion affreuse, nous ne savons plus ce que nous faisons. Une des pointes de ma fourche s'enfonce dans quelque chose et un nouveau hurlement se fait entendre. Au milieu du tumulte, j'entends soudain Stuart vociférer :

– Allumez, allumez, je crois que je l'ai eu !

Mais la panique est générale. Où se trouve l'interrupteur ? Je ne vois que des ombres pêle-mêle sur le sol.

Surmontant mon affolement, je réussis cependant à revenir près de l'entrée de l'escalier, là où doit se trouver l'interrupteur. En tâtonnant je le découvre en effet, et j'allume aussitôt. Une vive lumière inonde la pièce.

Quel spectacle ! Stuart est allongé par terre, agrippé à une des jambes de Falyne qui se débat en hurlant. Geneviève est également sur le sol, en larmes, près de ma fourche, tenant son mollet ensanglanté. Et au-dessus, perché sur la bibliothèque, le chat de M. Larsen, hérissé comme un porc-épic, continue de cracher et siffler.

Quelle épouvantable méprise !

Stuart se relève enfin, hagard.

– C'était le chat, ce n'était que le chat ! balbutie-t-il. J'ai pourtant bien cru... Dans l'escalier j'ai vu une ombre bouger. J'ai cru que l'assassin nous avait repérés et qu'il nous tendait un piège. J'ai voulu le prendre par surprise et... et voilà.

Les gémissements de Geneviève nous ramènent à la raison. Notre attaque a tout de même fait une victime. Quelle horreur ! Dire que c'est moi qui l'ai blessée avec ma fourche. Tout cela est absurde. Absurde et désolant.

Je me précipite vers elle pour la réconforter et examiner sa blessure. Je m'apprête à déchirer le bas de son pantalon, puis je me ravise en réalisant que moi aussi je suis en train de céder à un réflexe de cinéma : ce n'est pas nécessaire de déchirer le tissu, il suffit de relever le pantalon.

Heureusement la blessure est légère. Une des pointes de la fourche est entrée dans le gras du mollet. Geneviève saigne beaucoup, c'est impressionnant, mais ça n'a rien de grave. Je détache mon écharpe, que je n'ai pas eu le temps d'enlever, et je lui fabrique un bandage provisoire.

Quand je me redresse, Stuart et Falyne sont en grande discussion. Le chat, lui, a disparu, pressé sans doute de se mettre à l'abri de cette bande de fous !

– Au moins nous ne sommes plus dans l'incertitude, dit Falyne. Nous sommes bien seuls ici. Avec le vacarme que nous avons fait !

– Mais je ne comprends pas, bredouille Stuart. Comment est-il sorti ? Ce n'est pas un oiseau ! Ni un fantôme...

– Vous essaierez d'élucider ça plus tard, messieurs les détectives, j'ironise. Trouvez plutôt de quoi nettoyer la blessure de Geneviève. Ensuite, nous ferons le point.

Stuart et Falyne se regardent, puis disparaissent en direction de la salle de bains.

Ils en reviennent assez vite avec une trousse de première urgence. Une fois la plaie désinfectée et bandée, nous aidons Geneviève à s'installer sur le canapé et nous essayons de réfléchir.

Où en sommes-nous ? Il semble que nous soyons seuls dans la maison, encore que cela reste à prouver. Il faudrait inspecter le chalet de fond en comble mais ces mystères accumulés et la tension à laquelle nous sommes soumis depuis ce matin nous font perdre nos moyens.

Je me sens incapable de réfléchir. Je voudrais me réveiller dans mon lit et me dire : oh quel affreux cauchemar, puis me lever et retrouver mes parents, mon frère et ma sœur, l'école et les copains...

Hélas ! Je sais très bien que je ne rêve pas et après ces moments de pression insoutenable, je me sens vide, incapable de prendre la moindre décision. C'est Geneviève qui, soudain, me ramène à la réalité.

– Au fait, dit-elle, vous avez trouvé le téléphone ?

Le téléphone ! Bien sûr ! C'est pour ça, en principe, que nous sommes venus ici. Toute cette agitation nous a fait perdre la tête. Stuart se lève d'un bond et se précipite à l'autre bout du salon, où l'appareil trône sur une table basse.

Fébrilement, il compose le 911[1], colle le combiné à son oreille, raccroche, recommence. Il s'énerve et grommelle quelques mots inaudibles en grimaçant. Il recommence son manège plusieurs fois, puis pousse un juron.

– Cochonnerie d'appareil, gronde-t-il en le secouant violemment. Il ne fonctionne pas !

Falyne s'approche vivement et lui arrache le combiné des mains.

– Donne-moi ça ! Maladroit comme tu es, tu vas l'abîmer davantage.

Mais les tentatives de Falyne ne s'avèrent pas plus efficaces. Après plusieurs essais, elle relève les yeux vers nous, le visage décomposé. Il faut se rendre à l'évidence : le téléphone est hors service.

Accident ou sabotage ? Le résultat est le même, et il nous fait froid dans le dos : nous voici définitivement coupés du monde civilisé, au cœur de la nuit, avec des assassins insaisissables, des fous, peut-être, qui rôdent autour de nous !

1. Numéro d'urgence de la police.

ÉTAT DES LIEUX

Nous sommes tous les quatre réunis dans le salon, prostrés au pied du canapé. Le chat n'a pas reparu. Nous avons décidé d'éteindre la lumière pour ne pas attirer l'attention de l'extérieur.

Serrés les uns contre les autres dans la pénombre, nous attendons. Les questions se bousculent dans nos têtes, mais nous sommes incapables d'y répondre.

M. Larsen était-il vraiment un gangster ou des braconniers qu'il aurait surpris dans le parc se sont-ils simplement vengés ? Comment son cadavre a-t-il pu être emporté sans laisser la moindre trace ? Comment des empreintes peuvent-elles aboutir au chalet, venant de l'extérieur, alors qu'aucune n'en ressort et que personne ne se trouve à l'intérieur ?

J'ai beau tourner et retourner sans cesse l'énigme dans ma tête, je ne comprends pas comment les choses ont pu se passer.

Stuart est assis en tailleur et se balance sans arrêt d'avant en arrière. Lui aussi est en train de se torturer l'esprit. Stuart est un fort en maths. C'est un amateur de logique et de romans policiers. Il prétend qu'il trouve le coupable avant la fin et que les exploits de Sherlock Holmes ou de Rouletabille ne l'impressionnent pas.

Oui, seulement lorsqu'on est tranquillement allongé sur son lit à déguster un roman, on a tout le loisir de réfléchir. On a un bon dîner dans l'estomac et aucune raison de s'inquiéter. Ici, c'est autre chose. Un homme a été tué, pratiquement sous nos yeux, son corps a disparu sans que nous comprenions comment et le meurtrier semble s'être volatilisé à son tour.

La peur, la faim et la fatigue nous ont épuisés. Je regarde Stuart, qui se balance toujours comme un métronome. J'ai froid. En frissonnant, je me pelotonne contre Geneviève, qui n'émet qu'un vague grognement. C'est incroyable, je crois qu'elle dort ! Je suis moi aussi exténuée. Dans ma tête, il n'y a plus qu'un grand trou noir.

Quand je me réveille en sursaut, il fait presque clair. La lune se découpe dans l'encadrement d'une fenêtre et nous envoie sa lumière blafarde.

Je suis stupéfaite. Je me suis endormie ! Combien de temps s'est-il écoulé ? Devant moi, Stuart est toujours assis dans la même position, les yeux mi-clos. Il a l'air profondément absorbé.

– Stuart ! j'appelle à mi-voix. Stuart...

Stuart ouvre les yeux tout à fait et me regarde d'un air vague.

– Tu étais en train de réfléchir ?

– Oui, oui, répond-il en hésitant d'une voix pâteuse.

– Alors ? Tu as résolu le problème ? Tu y comprends quelque chose, toi ?

– Hem... non. À vrai dire, je... je crois que j'ai dormi un peu. Mais j'ai réfléchi aussi, et ma conclusion, c'est que plus ça va, moins je comprends...

Geneviève et Falyne émergent à leur tour de leur torpeur, réveillées par notre conversation. Elles jettent autour de nous des regards inquiets.

– Je... je suis désolée, murmure Falyne. J'avais l'intention de veiller pendant une partie de la nuit avant de demander à l'un d'entre vous de me remplacer. Seulement je n'ai pas pu résister au sommeil.

– Nous non plus, je chuchote pour la mettre à l'aise.

– Comment ! s'exclame-t-elle en se redressant. Personne n'a fait le guet pendant que nous dormions ? C'est de l'inconscience ! Et si l'assassin était revenu ?

– Eh bien il n'est pas revenu, tranche Geneviève, et ça ne m'intéresse pas de savoir pourquoi. Tout ce que je sais, c'est que nous sommes toujours là, que personne ne doit venir nous chercher avant mardi soir et que nous avons trois jours à passer ici sans pouvoir prévenir qui que ce soit ! Nous sommes pris au piège comme de vulgaires lapins !

– La première chose à faire, suggère Stuart, c'est peut-être de vérifier que la maison est déserte et de nous assurer que les issues sont fermées. Nous aurions dû commencer par là, d'ailleurs. Qui sait ce qui a pu se passer pendant notre sommeil ?

– Si nous sommes toujours là sains et saufs, c'est qu'il ne s'est rien passé, rétorque Falyne. Du moins à l'étage…

Un doute subsiste, cependant, dans chacune de nos têtes. Bien sûr, nous avons fait tant de bruit lors de la malencontreuse attaque du chat qu'il est ridicule de penser que l'assassin est toujours ici. Mais la peur ne nous a pas lâchés et nous répugnons à descendre au rez-de-chaussée.

Stuart a pourtant raison. Il importe d'assurer notre sécurité. Outre le garage, il y a l'entrée principale et la petite porte donnant sur l'arrière, dans l'appentis, où nous avons découvert les inexplicables empreintes de raquettes.

À l'évocation de ces traces qui viennent mais ne repartent pas, l'angoisse m'envahit de nouveau. Mes jambes flageolent, mon cœur s'emballe. À quel type de criminel avons-nous affaire ? Un homme capable de traverser les murs, de planer au-dessus du sol ?

C'est impossible, je le sais bien, mais alors, qui pourra me donner une explication rationnelle ? Et cet homme sous les arbres, la nuit dernière, qui était-ce ? Un fantôme ?

Rassemblant tout notre courage, la gorge sèche et la démarche mal assurée, nous commençons à faire le tour de l'étage. Nous vérifions d'abord que les fenêtres sont bien fermées. Un examen de la couche de neige, sur le rebord de chacune, nous convainc que personne n'a essayé d'entrer ou de sortir par là.

L'inspection des chambres ne nous révèle rien de particulier. Nous hésitons avant de pénétrer dans celle de M. Larsen. Pour nous, c'est une sorte de violation de domicile. Mais dans le fond, quelle importance cela a-t-il maintenant ? Nous entrons. C'est une petite chambre propre, nette, assez austère, et sa visite ne nous apprend rien.

Il faut descendre, à présent. Devant l'escalier, notre détermination nous abandonne. Personne n'ose s'engager. Finalement, Stuart se décide. Orgueil masculin oblige. Ou courage, tout simplement...

Falyne et lui ont récupéré les hachettes avec lesquelles nous avons failli nous blesser ou faire un sort au chat. Geneviève et moi préférons ne pas porter d'armes. Au moins nous éviterons tout accident malheureux ! Enfin, les dents serrées, Geneviève prenant appui sur mon épaule, nous arrivons en bas de l'escalier.

– Nous devrions allumer partout, propose Geneviève. Ce sera plus sûr. Et puis de l'extérieur personne ne verra rien, puisqu'il n'y a pas de fenêtres au rez-de-chaussée.

Nous sommes d'accord. Stuart a tôt fait de trouver l'interrupteur, et aussitôt un flot de lumière inonde le couloir.

Quatre portes donnent sur ce couloir. Celle du garage par où nous sommes entrés, celles de la cuisine et de la buanderie et celle de l'atelier. Plus, tout au bout, la massive porte d'entrée.

C'est vers elle que nous nous dirigeons en premier lieu, pour fermer à double tour le verrou intérieur. Puis nous refluons vers le garage, car nous n'en avons pas verrouillé la porte quand nous nous y sommes introduits, au début de la soirée.

C'est rapidement chose faite. Pour plus de sécurité, Stuart a l'idée d'attacher solidement la poignée, au moyen d'une corde qu'il trouve dans le garage, au pare-chocs de la voiture.

Enfin, nous inspectons la buanderie et la cuisine. Ce sont deux pièces fermées et il n'y a rien à signaler. Dans la cuisine, cependant, Stuart s'arrête brusquement devant le réfrigérateur.

– Un instant, ordonne-t-il. Il faudrait peut-être en profiter pour manger quelque chose, sinon il ne sera plus nécessaire de nous tuer, nous serons morts de faim.

C'est incroyable ! Dans cet insupportable climat d'angoisse, il pense à manger ! Et pourtant il a raison. Si la peur a effacé ma faim, il faut néanmoins reprendre des forces.

Après avoir dévalisé le frigo, Stuart se laisse tomber sur une chaise en soupirant. Ses joues exsangues reprennent des couleurs. Falyne intervient aussitôt avec vigueur.

– Stuart, tu ne comptes pas faire la sieste, pendant que tu y es ? Ce n'est pas le moment. Il reste une pièce.

– Oui, murmure Geneviève d'une voix étranglée. L'atelier. C'est là que se trouve la petite porte qui donne sur l'arrière du chalet.

La porte par laquelle l'assassin est entré ! La plus importante... Nous pouvons la voir par l'entrebâillement de celle de la cuisine.

Soudain une évidence me traverse l'esprit : si c'est par là qu'il est entré et qu'il n'est pas ressorti, c'est donc qu'il y est encore ! Mais dans ce cas, pourquoi n'en a-t-il pas bougé ? Est-ce que lui aussi serait...

Je n'ose pas formuler ma pensée. En bégayant, tant la terreur m'oppresse de nouveau, j'essaie de mettre les autres en garde.

– Regardez ! souffle alors Geneviève en agrippant mon bras. La porte est entrouverte.

– Et alors ? chuchote Falyne d'un ton interrogateur et rempli d'inquiétude.

– Tout à l'heure, quand nous sommes passés devant, elle était pratiquement fermée...

PRÉSENCE SUSPECTE

La remarque de Geneviève tombe comme une sentence de mort. Stuart semble cloué sur sa chaise, un morceau de pain dans la bouche, l'air hébété. Je cherche désespérément de quoi me défendre.

Mes yeux tombent sur le gros couteau de cuisine avec lequel Stuart a préparé son sandwich. Non, je ne suis pas attirée par la violence, je n'ai pas de pulsions meurtrières, mais je me sentirai plus en sécurité avec une arme. J'essaierai au moins de ne pas me blesser avec...

Brusquement, Stuart recrache sa bouchée de pain et se jette sur sa hachette.

– Il faut en finir, s'écrie-t-il, en proie à une agitation soudaine. Une fois pour toutes !

– Qu'est-ce que tu veux faire ? s'inquiète Geneviève.

– J'en ai assez de jouer le gibier, répond Stuart avec nervosité. Il est seul et nous sommes quatre. Je n'en peux plus d'être enfermé entre ces murs avec un fou. Je vais devenir fou, moi aussi.

Je me demande s'il ne l'est pas déjà un peu. Qu'espère-t-il ? Débusquer comme un simple raton laveur un bandit armé d'un fusil, qui a abattu froidement un homme ? De quoi avons-nous l'air, avec des ustensiles de cuisine ou de jardinage en guise d'arsenal ?

Mais il n'y a pas moyen de raisonner Stuart. Il est hors d'état de réfléchir calmement. Il a saisi sa hachette à deux mains, il se précipite dans le couloir et il se plaque contre le mur, à côté de la porte de l'atelier.

Immobilisé dans une attitude qu'il a dû voir cent fois à la télévision, on s'attend presque à l'entendre s'écrier : « Sortez d'ici les mains en l'air, vous êtes cerné ! »

Cependant il ne dit rien. Il reste collé au mur, les yeux rivés sur la porte entrouverte. Nous ne pouvons pas le laisser agir seul. La tension de ces dernières heures nous pousse nous aussi davantage vers l'action que vers la réflexion.

Les doigts crispés sur nos armes dérisoires, nous nous approchons du couloir, puis nous

nous plaçons derrière lui. Geneviève nous a suivis en traînant la jambe. Les miennes tremblent tellement que je ne suis pas sûre de pouvoir rester debout. Je m'adosse au mur et je ferme les yeux, tout en essayant de me calmer.

Personne n'ose bouger. Je ne perçois plus que le souffle rauque de mes amis. Jamais silence ne m'a paru aussi lourd de menaces. J'ai l'impression que les battements de mon cœur s'entendent jusqu'au bout du corridor.

– Au fait, est-ce que quelqu'un a revu le chat ? murmure alors Geneviève.

Le chat ! Cette remarque apparemment incongrue me ramène d'un coup à la réalité. Je l'avais oublié, ce chat. Et pourtant, ne sommes-nous pas en train de rejouer la scène qui a eu lieu dans le salon ? Ne sommes-nous pas en train de mener une offensive contre un innocent animal de compagnie ?

Le bras de Stuart s'abaisse. La même pensée a dû lui traverser l'esprit. Il y a un moment d'indécision. Geneviève a sans doute raison. C'est le chat que nous avons dérangé lorsque nous avons fait tout ce bruit dans le couloir et qui s'est réfugié dans l'atelier.

Une fois de plus nous partons en guerre contre un fantôme. Enfin, c'est probable. Mais est-ce bien sûr ?

Si l'assassin se trouve dans l'atelier, il sait exactement où nous sommes et par où nous entrerons. Dans ce cas, nous ferons une cible de choix : l'un de nous n'aura qu'à passer la tête dans l'embrasure de la porte.

– Si on éteignait ? propose Stuart dans un murmure à peine audible.

– Alors plus personne ne verra rien, réplique Falyne. Ce sera encore pire.

– Attendez, dis-je. J'ai une idée. Moi aussi j'ai un chat chez moi.

Immédiatement je retourne dans la cuisine. J'ouvre le réfrigérateur, prends le lait et en verse un peu dans une soucoupe. Puis je reviens vers les autres, à pas lents pour ne pas renverser de lait. Je fais reculer Stuart et je prends sa place près de l'encadrement de la porte. Je m'agenouille et pousse lentement la soucoupe devant la porte ouverte.

Alors j'appelle le chat, comme on appelle tous les chats du monde, en émettant un petit chuintement que je ponctue de « minou minou minou ».

Presque aussitôt un miaulement retentit dans l'ombre et nous percevons le bruit d'un corps qui tombe légèrement sur le sol. Pauvre chat ! Il n'a rien eu à manger depuis hier et nous avons dû le terroriser. Nous nous sentons un peu bêtes, avec nos couteaux et nos hachettes. Nous devons ressembler à des apprentis bouchers !

Le chat apparaît bientôt dans l'encadrement de la porte.

Je le mets en confiance en lui murmurant quelques mots avec douceur, et après une dernière hésitation, il lape le lait.

Quel soulagement ! Nous sommes sûrs maintenant que l'atelier est vide. Jamais une bête aussi méfiante ne se serait réfugiée dans un lieu occupé par un inconnu. Et tandis que je donne une dernière caresse au chat, Stuart s'avance prudemment, cherche à tâtons l'interrupteur de l'atelier et allume.

À sa suite nous pénétrons dans la pièce. C'est un invraisemblable capharnaüm, une véritable caverne d'Ali Baba ! Planches, rondins, bûches de toutes tailles, branches sèches aux formes tourmentées, statuettes, masques de bois sur les murs…

Hélas nous n'avons pas le temps d'admirer ces chefs-d'œuvre que nous aurions préféré découvrir en d'autres circonstances. Nous avisons une petite porte au fond de l'atelier. C'est celle qui donne sur l'appentis, la seule porte s'ouvrant sur l'extérieur que nous n'avons pas encore vérifiée.

Stuart s'en approche. Je remarque qu'il a toujours sa hachette à la main. Avec une extrême lenteur il entrebâille la porte. Aucun grincement. C'est vrai que M. Larsen entretenait parfaitement son chalet.

Je m'approche à mon tour et, avec Stuart, je jette un coup d'œil dans la cabane. Rien de particulier. De vieilles bottes, des outils de jardinage, une grosse cognée et une scie de bûcheron. Au mur, une paire de raquettes usagées.

La porte qui ouvre sur l'extérieur ne comporte aucune serrure. Stuart l'ouvre et risque un œil dans la nuit.

– Il n'y a pas de nouvelles traces, murmure-t-il. Personne n'est venu ici depuis hier.

– Personne n'est sorti non plus, j'ajoute.

– Oui, reprend Stuart. Je n'y comprends rien.

En soupirant il referme la porte, puis nous retournons dans l'atelier. Là nous rendons compte à Falyne et Geneviève du peu que nous avons vu, nous verrouillons la porte et, pour plus de sûreté, nous la barricadons en entassant contre elle un gros tas de rondins.

– Dites-moi, fait alors Geneviève qui est restée assise devant un des établis pendant notre inspection, avez-vous déjà vu ce genre de statues ?

La question me semble incongrue. Interloquée, j'examine les statuettes innombrables qui encombrent la pièce. Et soudain je comprends ce que Geneviève veut dire. Il ne s'agit pas là d'un travail d'amateur. Une impressionnante collection d'art du monde entier s'offre à nos yeux.

Je reconnais des statuettes mexicaines, des masques africains, et beaucoup d'autres dont je ne saurais pas dire l'origine exacte, mais dont la simple découverte dans nos valises nous causerait pas mal d'ennuis à la douane.

– J'avais raison ! s'exclame Stuart. Monsieur Larsen est un trafiquant ! Ou un receleur. Voilà la clé de l'énigme. Une sordide histoire de trafic d'objets d'art. Pas si innocent que ça, le vieux ! Nous sommes tombés dans un sacré nid de vipères…

– N'exagérons rien, je tempère. Mon père m'a bien dit que monsieur Larsen était un peu spécial, mais de là à en faire un trafiquant…

– Parce que tu penses que Larsen lui aurait donné des détails sur ses affaires louches ! ironise Stuart. Et ces deux types, hier soir, des touristes égarés sans doute ? Quelle naïveté !

Je suis vexée par les insinuations de Stuart. Voudrait-il dire que mon père est naïf ? Et pourtant ce que nous venons de découvrir semble corroborer son hypothèse. Si le crime reste inexpliqué, au moins tenons-nous un mobile plausible. Et quand on tient le mobile, le reste devrait suivre…

Allons-nous enfin y voir clair ?

STUART MÈNE L'ENQUÊTE

Nous sommes remontés dans le salon. Cette fois, nous sommes maîtres des lieux. Dehors la nuit est claire et calme. Nous nous gardons bien d'allumer. C'est nous qui deviendrions visibles de l'extérieur et nous tenons à conserver notre position d'observateurs discrets.

La peur se dissipe, c'est la fatigue qui maintenant se fait sentir. Aucun de nous cependant ne veut se laisser aller une fois de plus au sommeil. À demi engourdie, j'essaie de fixer mon attention sur le ciel que je vois rosir à l'est.

– Eh bien, annonce enfin Falyne d'un ton grave, rompant un interminable silence, il semble que nous soyons sur une piste.

– Et tu sais où elle mène, cette piste ? interroge Geneviève.

– Non, mais Stuart a toujours dit qu'il était un expert en la matière. C'est le moment ou jamais pour lui de nous le prouver.

Nous nous tournons vers lui. Il ne semble pas très à son aise. Impitoyable, Falyne reprend :

– Stuart, c'est à toi de jouer.

Stuart ne sait manifestement pas quoi dire. Bien sûr, il y a certainement une explication à tout ça. Chantage, vengeance, guerre entre trafiquants, nous tenons le pourquoi du crime, même si nous n'en connaissons pas les détails. Mais cela ne nous intéresse pas, c'est du ressort de la police. C'est le comment qui nous échappe.

Nous ne croyons pas aux fantômes. Cependant nous avons beau tourner et retourner les événements dans notre tête, nous ne comprenons pas comment ils ont pu se produire sans déjouer les lois de la physique.

Si Stuart nous jette des regards désespérés, il se sent piqué au vif par le défi que lui a lancé Falyne. Il plisse le front, essaie de se concentrer.

– Voyons, comment faire correspondre les traces relevées dans la neige avec le reste ? Il a neigé toute la nuit dernière, or nous avons trouvé des empreintes fraîches de raquettes arrivant au chalet par l'arrière. Quelqu'un y est donc entré dans l'après-midi, nous sommes d'accord ? Et ce quelqu'un n'est pas ressorti. Qu'est-il devenu ? Il est passé par la cheminée ?

Il soupire en secouant la tête. Si ce criminel n'est pas un fantôme, il en a décidément l'apparence !

– À propos, dit Geneviève après un silence, qu'est-ce qui te prouve que ces traces ont été faites au cours de l'après-midi ? La neige a cessé de tomber pendant la nuit. Ce matin au lever, le ciel était parfaitement limpide. Ces traces ont pu être faites avant.

– Oui, bien sûr, approuve Stuart en se grattant la tête. Je n'y avais pas pensé. Mais ça ne résout rien. Comment l'individu serait-il ressorti sans laisser de traces ?

– En nous suivant, tout simplement, reprend Geneviève. Il a pu rester caché dans la cabane derrière l'atelier et nous espionner. Après notre départ, il aura suivi le même trajet que nous.

J'avoue que Geneviève nous épate. Effectivement, nous faisions peut-être fausse route en admettant que ces empreintes ont été laissées après le crime. Tenons-nous enfin une piste intéressante ?

Stuart la regarde avec stupéfaction. Il plisse le front, puis il secoue la tête.

– Ça ne marche pas non plus, dit-il enfin. S'il était arrivé derrière nous, comment aurait-il pu tirer sur monsieur Larsen, qui se trouvait à la fois *derrière* moi et *devant* vous ? Comment a-t-il pu se retrouver entre nous sans que nous l'ayons vu arriver ?

– C'est incroyable, je murmure. Ça me fait froid dans le dos. Chaque fois nous en revenons au même point : l'assassin doit être invisible ou voler par-dessus nos têtes. C'est à devenir fou !

– Non, non, non ! s'exclame soudain Stuart avec violence. Tout ça ne tient pas debout. Il y a forcément une solution. Il n'y a pas de fantôme, il n'y a pas de Big Foot, il n'y a pas de petits hommes verts ! La clé de l'énigme doit même être très simple, tellement simple que nous ne la voyons pas.

– Veux-tu dire que nous sommes stupides ? interrompt Falyne.

– Pas du tout. Seulement il y a sans doute un détail, un détail anodin, et qui nous échappe pour cette raison, mais qui nous mettrait sur la voie.

– Peut-être aussi que nous raisonnons sur des données fausses ou faussement interprétées, avance Geneviève, sourcils froncés. Prenez le cas des traces de raquettes derrière le chalet, qui nous semblait insoluble parce que nous supposions qu'elles avaient été faites après le crime et non avant. Un élément insignifiant en soi peut modifier toutes les données dont nous disposons.

– Alors nous devons les reprendre une par une depuis le début, déclare Stuart. Première chose, le crime. Jusque-là rien d'extraordinaire.

Le tueur a pu être embusqué en attendant notre arrivée. Dissimulé derrière un arbre, il a pu tirer à son aise sans que je l'aie vu lorsque je suis passé. On trouve aujourd'hui des armes d'une portée considérable.

– Tu n'as remarqué aucune trace suspecte, de skis ou de raquettes, avant le coup de feu ? s'étonne Falyne.

– Non, aucune. Mais ça ne veut rien dire, il a pu arriver par un autre chemin... La montagne est vaste et les sapins le dissimulaient. Quand je suis revenu après la détonation, je n'ai rien vu non plus. Il n'y avait que mes empreintes et celles de monsieur Larsen. Ça signifie que l'assassin ne s'était pas encore approché du cadavre.

– Tu nous as dit hier que tu avais un peu perdu la tête à ce moment-là, dis-je. Peut-être quelque chose t'a-t-il échappé ?

– Je suis à peu près sûr que non, répond Stuart. Je me suis affolé, d'accord, mais je ne sais pas pourquoi, ce détail m'a sauté aux yeux immédiatement. À mon avis, le mystère commence réellement au moment où nous sommes revenus ensemble. Comment le corps a-t-il pu être enlevé ?

– Les assassins seront venus en empruntant tes traces ou celles de monsieur Larsen, suggère Geneviève.

– Impossible, affirme Falyne. Nous aurions vu leurs traces rejoindre les nôtres lorsque nous sommes passées à notre tour. Or ce n'était pas le cas.

– À moins qu'ils ne soient arrivés par l'autre côté, reprend Geneviève. Du côté où se trouvait Stuart quand il a entendu le coup de feu. Cela expliquerait tout.

– Ça expliquerait comment ils sont arrivés à l'endroit où gisait le corps, rétorque Stuart, mais pas sa disparition. Est-ce que vous imaginez, ensuite, ces types chargeant sur leur dos monsieur Larsen avec ses skis et son sac à dos ? Ça en aurait laissé, des traces !

– Justement ! intervient Falyne avec vigueur. Avons-nous vraiment pris le temps d'examiner les traces à fond ? Nous n'y avons jeté qu'un coup d'œil rapide et dans un état d'esprit qui ne favorisait pas le sens de l'observation. La clé du mystère n'est-elle pas là-bas, au milieu des arbres ? La neige n'est pas retombée depuis, les empreintes doivent être intactes.

– Veux-tu dire que…

– Qu'il faut y retourner ? Oui, sans aucun doute, conclut Falyne.

Cette proposition jette un froid. Sortir et affronter l'inconnu, alors que nous avons eu tant de mal à assurer notre position ici ? Nous nous sentons prêts à soutenir un siège, encore que nous n'ayons pas réellement envisagé cette éventualité jusqu'à présent.

Et pourtant, en regardant par la fenêtre, je m'aperçois que le jour ne tardera plus à se lever. À l'est, l'horizon est peint de jaune et de rose, à l'ouest les versants enneigés des montagnes commencent à resplendir. Les Rocheuses sont superbes, le matin, dans le parc de Banff...

J'ai du mal à croire, en contemplant cette splendeur, qu'un crime odieux y a été commis il y a quelques heures à peine. Je suis dégoûtée par toutes ces saletés, ces trafics ignobles, ces haines... Le chalet me dégoûte lui aussi. Je voudrais respirer, m'envoler...

L'idée de Falyne commence à faire son chemin. Non que je sois, personnellement, très désireuse de résoudre l'énigme. Ce sera l'affaire de la police, dès après-demain, quand nos parents arriveront et que nous aurons repris contact avec le monde extérieur, notre monde. Non, je voudrais sortir, maintenant, pour me replonger dans la lumière de cette vallée, pour me laver de cette nuit d'horreur.

Il me semble, curieusement, que nous serons plus en sécurité dans un espace ouvert, où rien ne pourra nous approcher sans que nous l'ayons vu venir, que dans ce chalet où nous nous sommes réfugiés faute de mieux.

Finalement, c'est Stuart qui tranche. Il décrète que le mieux à faire est de sortir. Sans opposition déclarée, il nous entraîne vers le garage pour prendre nos skis.

Quand il ouvre la grande porte basculante, la clarté qui nous inonde semble nous redonner un peu d'énergie.

RETOUR SUR LE LIEU DU CRIME

Les problèmes commencent au moment de chausser les skis. Geneviève, qui ne dit rien depuis un moment et nous a suivis en boitillant, déclare qu'elle n'est pas en état de skier. Sa jambe lui fait trop mal, et sa blessure recommence à saigner.

– Tu n'as qu'à nous attendre ici, propose Stuart. Tu t'enfermeras à l'intérieur.

– Quoi ! s'exclame-t-elle avec indignation. Tu es fou ! Je refuse de rester seule ici. Et si les trafiquants reviennent au chalet ?

– Eh bien, Rebecca pourrait rester avec toi et…

– Ça ne va pas, non ! je m'écrie à mon tour. Il est hors de question de se séparer. Ou nous y allons ensemble, ou nous restons ici.

Stuart peut maugréer, nous ne nous laisserons pas abandonner comme de vieilles chaussettes pendant qu'il ira jouer les héros avec Falyne.

– Regardez, dit soudain celle-ci. Voilà qui pourrait résoudre le problème.

Elle nous montre du doigt un antique traîneau de bois accroché à l'un des murs du garage.

– Quoi ! s'offusque Stuart. Tu penses sérieusement que nous pouvons emmener Geneviève là-dedans ? C'est de la folie !

C'est de la folie, en effet. Falyne n'a plus toute sa tête. Et le comble, c'est que j'entends Geneviève déclarer :

– Si vous vous sentez la force de tirer cet engin, je préfère ça plutôt que de rester ici.

Je suis sidérée ! Mais moi non plus je ne veux pas rester seule, et quand je vois Stuart et Falyne préparer l'attelage, je comprends que bon gré mal gré je devrai suivre le cortège.

Une demi-heure plus tard, nous glissons à grandes enjambées vers la forêt. Stuart a fabriqué un harnais avec des courroies et il tire le traîneau en soufflant comme un bœuf. Geneviève y est allongée sous une couverture, l'air absent. J'espère que personne ne nous voit, nous sommes ridicules.

J'essaie de détourner au maximum mes pensées de l'endroit vers lequel nous nous dirigeons : le lieu du crime.

Le temps est clair, la montagne se détache nettement sur le bleu du ciel. J'en oublie presque la raison de notre expédition. Puis, revenant sur terre, je m'applique à distinguer sur la neige d'éventuelles traces parallèles aux nôtres.

Rien cependant ne vient rompre l'uniformité de la couche immaculée. Stuart en tête, nous avançons dans nos traces de la veille, en examinant scrupuleusement les alentours.

Tant que la piste descend vers la rivière, notre progression est rapide. Mais lorsqu'elle se met à remonter, les difficultés commencent. À partir des premiers arbres, notre marche devient encore plus malaisée et il est bientôt impossible de tracter Geneviève, la pente est trop raide.

Nous devons enlever nos skis et continuer à pied, en nous relayant pour tirer le traîneau. Dans quel pétrin nous sommes-nous fourrés !

Aussi loin que porte notre regard dans le sous-bois, aucune trace n'est visible. Et lorsque nous arrivons à proximité de l'endroit où Stuart a découvert le corps sans vie de M. Larsen, nous sommes certains que personne n'a pu s'en approcher sans suivre le même chemin que nous.

Enfin nous voici sur les lieux de l'assassinat. Les traces sur le sol n'ont pas changé, les empreintes désordonnées de sa chute, à quelques pas de nous, la neige tassée sous le poids du corps, cette horrible tache à l'emplacement de la tête... Je frissonne.

– Eh bien ? demande Geneviève d'une voix mal assurée en étirant le cou pour tenter de distinguer quelque chose.

Ni Stuart ni Falyne ne répondent. Nous avons beau écarquiller les yeux, nous ne voyons rien de plus qu'hier : aucune empreinte ne part de l'endroit où M. Larsen est tombé.

L'angoisse me reprend. Je lance des coups d'œil inquiets dans toutes les directions, à la recherche de je ne sais quoi, comme si chaque arbre abritait une menace indéfinissable.

Soudain mon regard est attiré par un élément insolite. Là-bas, dans la direction opposée à celle par laquelle nous sommes venus, j'aperçois une petite tache rouge.

– Regardez ! dis-je dans un souffle. Là-bas, au pied de ce sapin. Qu'est-ce que c'est ?

Mes amis relèvent la tête et scrutent la neige en plissant les yeux.

– Je ne connais aucun champignon capable de percer cette épaisseur de neige, murmure Stuart. On dirait un bout de tissu rouge. C'est curieux, je suis pourtant passé par là, hier, et je n'ai rien remarqué.

– Allons voir, suggère Falyne.

Sans attendre notre réponse, elle chausse ses skis et s'élance dans la direction indiquée. Elle progresse rapidement dans les traces laissées la veille par Stuart. Péniblement, traînant toujours Geneviève, nous nous lançons à sa suite.

Quand nous arrivons, Falyne est agenouillée dans la neige et elle tient l'objet entre ses mains. C'est un bonnet. Un bonnet de laine rouge. Soudain Geneviève pousse un cri :

– Le bonnet de monsieur Larsen !

Elle a raison. Je reconnais moi aussi ce petit bonnet rouge, que je trouvais si drôle sur la tête toute blanche de M. Larsen. À cette évocation, je sens que je vais fondre en larmes. C'est une exclamation de Stuart qui me ramène à la réalité.

– C'est invraisemblable ! s'écrie-t-il. Comment ce bonnet peut-il se trouver ici ? Hier, quand j'ai découvert le corps de monsieur Larsen couché dans la neige, je suis certain qu'il avait son bonnet. Il lui cachait la moitié du visage !

– C'est donc Geneviève qui a raison, observe Falyne. Les assassins sont venus sur les traces de Stuart quand il s'est éloigné pour nous rejoindre. Ensuite, ils sont repartis par le même chemin, en emportant le corps de monsieur Larsen.

– Un instant, objecte Stuart. Quand le coup de feu a été tiré, je l'ai entendu derrière moi. Le meurtrier se trouvait donc entre monsieur Larsen et moi, ou peut-être plus loin. Dans ce cas, comment a-t-il pu se placer ensuite dans mes traces sans en laisser sur les côtés ?

– C'est incroyable, reprend Falyne, les yeux écarquillés. Un type qui peut arriver quelque part et disparaître sans laisser de traces. C'est impossible. Cet assassinat est... matériellement impossible !

Impossible, c'est le mot. Et pourtant il a eu lieu !

– Nous devrions nous rendre à l'évidence, dit Geneviève. Cette histoire nous dépasse. Nous ferions mieux de retourner au chalet et d'y attendre nos parents.

– Au contraire ! s'exclame Falyne. Nous avons enfin sous la main un indice tangible, il faut suivre la piste jusqu'au bout. Nous savons maintenant que monsieur Larsen est passé par ici et que, sans aucun doute, il n'était pas mort puisqu'il a pu jeter son bonnet. Dans quel but ? C'est évident : pour que nous partions à sa recherche. Suivons ces traces et nous le retrouverons.

Il serait donc vivant !

Cela expliquerait pourquoi ses assaillants l'ont emmené avec eux. On ne s'encombre pas d'un cadavre !

Nous n'avions pas envisagé sérieusement cette possibilité. Elle n'est guère plus plausible que les autres, d'accord, mais au point où nous en sommes, elle présente au moins l'avantage de n'être pas désespérée.

Cette idée nous donne un coup de fouet. À l'unanimité nous décidons de suivre les traces jusqu'au bout. Que trouverons-nous ? Peut-être, enfin, la solution de l'énigme.

Avant de partir, je demande à Falyne de me donner le bonnet de M. Larsen, que je fourre dans ma poche.

Nous reprenons notre route, péniblement, pataugeant dans la neige où nous nous enfonçons parfois jusqu'aux genoux. Tout à coup Stuart s'arrête en poussant une exclamation.

– C'est l'endroit où j'ai fait demi-tour hier, dit-il. Regardez, voici la marque de mes skis. Et puis…

Nous nous arrêtons à ses côtés, essoufflées. Du doigt il désigne, au-delà de ses propres traces, deux lignes parallèles qui filent dans la neige.

– Cette fois, nous sommes sur la bonne route, s'exclame-t-il. Suivez-moi !

Nous repartons, haletants, car Stuart nous impose une cadence d'enfer. Je ne sais pas combien de temps je vais tenir à ce rythme. Heureusement, après un coude serré, la piste redescend en pente douce.

Nous reprenons donc les skis et nous filons bon train derrière Stuart. Pourvu que la pente ne s'accentue pas, nous serions dans de beaux draps si le traîneau se renversait en éjectant Geneviève.

Enfin le sous-bois s'éclaircit et nous débouchons bientôt à l'orée d'une vaste clairière. Soudain Stuart s'arrête.

– Regardez, dit-il à voix basse. Là-bas.

À quelques centaines de mètres en contrebas, une cabane se dresse, solitaire, au milieu de la forêt. Manifestement, c'est là que les traces aboutissent. Nous restons sans bouger, reprenant notre souffle.

– Que faisons-nous, maintenant ? demande Geneviève d'un ton angoissé.

– Inutile de prendre trop de risques, conseille Stuart. Le mur de gauche n'a aucune ouverture. Nous allons nous approcher de ce côté-là. Et surtout, soyons sur nos gardes.

De nouveau nous repartons, en effectuant une large boucle, afin d'atteindre la cabane. Mon angoisse est telle, alors que nous approchons peut-être du but, que je tombe deux fois en chemin. À chaque fois je dois faire un violent effort pour ne pas crier.

Lorsque nous ne sommes plus qu'à une cinquantaine de mètres, Stuart nous fait signe d'arrêter et de retirer nos skis.

– *Ils* pourraient les entendre, nous chuchote-t-il en guise d'explication.

Laissant skis et bâtons en vrac dans la neige, nous franchissons les derniers mètres en pataugeant dans la neige. Geneviève s'appuie sur Falyne et moi. Arrivés près de la cabane, nous commençons lentement d'en faire le tour, dans le but de trouver une ouverture qui nous permette de jeter un coup d'œil à l'intérieur.

La neige crisse sous nos pieds malgré nos précautions. J'ai l'impression que ce bruit s'entend à cent mètres à la ronde.

Sur le mur opposé à la porte, une lucarne s'ouvre à environ 1,80 m du sol. En quelques secondes, nous nous trouvons en dessous. Malheureusement, même Stuart n'est pas assez grand pour l'atteindre.

– Vous allez me faire la courte échelle, murmure-t-il. Doucement.

Falyne et moi nous agenouillons face à face, sous la lucarne. Nous joignons nos mains, et Stuart y pose le pied. Il s'agrippe au rebord de la fenêtre, tandis que nous essayons de le hisser. Sa tête est maintenant à la bonne hauteur. Lentement, très lentement, il se penche pour mieux voir à l'intérieur.

– Alors ? je demande dans un souffle. Tu aperçois quelque chose ? Est-ce qu'il y a quelqu'un, là-dedans ?

Je vois Stuart hocher la tête, mais il ne répond pas. Puis il nous fait signe de le redescendre. Il repose pied à terre, toujours muet. Il nous regarde, bouche ouverte, l'air abasourdi.

– Que t'arrive-t-il ? chuchote Falyne. On dirait que tu as vu un monstre. C'était l'assassin ?

– Non, bredouille Stuart. Enfin, je ne crois pas...

– Comment, tu ne crois pas ! Qu'est-ce que tu veux dire ? Y a-t-il quelqu'un dans la cabane, oui ou non ?

– Oui, répond Stuart.

– Mais qui ?

– Monsieur Larsen.

– Il est vivant ! nous écrions-nous.

– Oui, reprend Stuart. Tout ce qu'il y a de plus vivant. Il est avec un type. Ils sont en train de boire un café...

LE VOILE SE LÈVE

– Eh bien, vous en avez mis du temps pour venir jusqu'ici ! Entrez donc, je vous attendais.

Nous n'en croyons pas nos yeux ! M. Larsen est là, devant nous, un rictus moqueur à la bouche, une tasse de café à la main.

Son front ne porte la trace d'aucune blessure. Il n'a pas davantage de bandage sur le crâne. En revanche, son pied gauche est grossièrement enveloppé dans une serviette et repose sur un tabouret.

À côté de lui est assis un personnage étrange. C'est un homme auquel je ne peux pas donner d'âge, vêtu assez bizarrement. Mais c'est son visage qui est le plus extraordinaire : il est entièrement couvert d'un entrelacs de lignes noires, des motifs sinueux et touffus au milieu desquels brillent fixement ses yeux.

Je crois reconnaître la figure qui m'a tellement effrayée l'autre nuit. L'homme ne dit rien, il ne manifeste aucune agressivité, aucune émotion. M. Larsen reprend :

– J'ai cru que vous n'arriveriez jamais ! Mon ami Mehani et moi commencions à nous inquiéter. Allons, avant tout je crois que vous devez avoir faim après cette course en montagne. J'ai ici de quoi nous réconforter, si vous voulez bien allumer le réchaud.

– Ce n'est pas de nourriture dont nous avons besoin ! je m'exclame. C'est d'avoir de vos nouvelles. Comment allez-vous ? Vous a-t-on maltraité ? Nous allons vous aider à sortir d'ici.

– J'y compte bien, Rebecca. Nous sortirons tous ensemble. Quand nous aurons dîné.

– Un instant, monsieur Larsen, intervient Stuart. J'aimerais comprendre. Je vous ai vu hier, à moitié mort dans la neige. Nous avons traqué un assassin fantôme toute la nuit, nous sommes passés par toutes les couleurs de la peur et de l'angoisse, et nous vous retrouvons ici comme s'il ne s'était rien passé, en compagnie de... d'un inconnu. Vous nous devez bien une petite explication, non ?

– Comme s'il ne s'était rien passé, dis-tu ? Mais c'est tout à fait ça, Stuart. Il ne s'est rien passé. Enfin, presque rien. Votre erreur a été de ne pas le comprendre dès le départ. Quant aux explications, elles vont suivre, ne t'inquiète pas. Mettez-vous à table. Pendant que vous mangerez, je vous raconterai ma petite histoire.

M. Larsen ne nous laisse pas le temps de répondre. Il nous indique un grand coffre dont il nous fait sortir des provisions.

La cabane dans laquelle nous nous trouvons est très rustique, mais elle contient tout ce qu'il faut pour survivre quelque temps. Pendant que nous nous asseyons autour d'une longue table en bois, M. Larsen, resté dans son fauteuil, reprend :

– Je vois que les choses n'ont pas mieux tourné pour vous que pour moi, dit-il en désignant la jambe de Geneviève. Le retour au chalet sera pénible.

– Mais que vous est-il arrivé ? l'interrompt Stuart. Hier vous aviez la tête en sang et aujourd'hui c'est votre pied qui semble en mauvais état. Et où sont passés vos assaillants ?

– Comment ! Vous n'avez pas encore compris ? Il n'y a pas plus d'assaillants que de meurtriers, et pas de crime, puisque je ne suis pas mort.

– Alors, tout ça…

– Une farce, précise M. Larsen. Une mauvaise farce, ajoute-t-il en tapotant sa jambe blessée. Qui n'a pas tourné comme je le voulais. Je commençais à désespérer, d'ailleurs.

– Quoi ? Une farce ! s'écrie Geneviève. Vous appelez ça une farce ! Mais c'était un véritable cauchemar !

– Hum, j'ai été légèrement dépassé par les événements, je dois l'avouer, mais votre discussion, l'autre soir, m'a un peu échauffé les oreilles. Les jeunes gens de votre âge se plaignent souvent que rien d'intéressant ne leur arrive, seulement il faut dire que vous ne faites pas grand-chose pour. C'est pourquoi j'ai eu envie de vous jouer ce petit tour.

– Eh bien, on peut dire que c'est réussi, commente Stuart d'un ton amer.

– Si je ne m'étais pas cassé la figure en arrivant ici, reprend M. Larsen en frappant de nouveau sa jambe du plat de la main, il aurait parfaitement réussi. Hier soir, comme vous ne m'aviez pas trouvé, je serais revenu vous faire une petite peur au chalet et tout se serait terminé sans anicroches.

– Seulement vous êtes tombé dans votre propre piège, devine Geneviève.

– Oui, et à partir de là tout a cafouillé. Quand je me suis retrouvé seul, après avoir pris Stuart en chasse, j'ai commencé ma mise en scène. Mon fusil était dissimulé dans mon sac, plié en deux. Je l'ai sorti et j'ai tiré un coup de feu en l'air. Puis je me suis jeté dans la neige et j'ai attendu son retour, qui n'a pas tardé.

Quand Stuart a détalé pour vous rejoindre, je me suis relevé et je me suis caché dans cet abri où je viens quelquefois quand je veux être tranquille. J'ai pris soin de mettre mes skis dans ses traces. Seulement je n'ai plus vingt ans, hélas, et je suis tombé en descendant dans la clairière. Rien de très grave, je me suis foulé la cheville. Mais j'ai eu toutes les peines du monde à rejoindre la cabane. Heureusement, j'avais pris soin de laisser mon bonnet non loin du lieu supposé du crime pour vous fournir une piste.

– Si nous avions vu ce bonnet plus tôt, il n'y aurait donc pas eu de problème, commente Falyne.

– En effet, dit M. Larsen. Mais vous avez paniqué beaucoup plus vite que je ne pensais. Je crois que je vous ai un peu surestimés, ajoute-t-il avec un sourire ironique.

– Ainsi, tout était préparé depuis la veille, observe Stuart. Je suppose que c'est vous qui avez coupé le téléphone avant de partir.

– C'est vous qui m'avez suggéré ce détail au cours de votre conversation l'autre soir. Où pensez-vous que j'ai puisé mon inspiration ?

– Mais il y a une chose que je ne comprends pas, reprend Stuart. La voiture stationnée dans votre chemin était là avant notre arrivée. Qu'a-t-elle à voir avec notre histoire ?

– Rien, a priori. Il y a quelques semaines, mon ami Mehani, ici présent, m'a annoncé sa visite. Je n'ai pas voulu en parler à vos parents pour qu'ils n'annulent pas votre séjour. Mehani vient de Nouvelle-Zélande, où j'ai séjourné autrefois. C'est un Maori, ce qui explique les tatouages qui recouvrent son visage. Il devait arriver chez moi avant vous, mais il a été retardé par le mauvais temps. À ma demande, deux de mes amis de Lac Louise, qui étaient passés dans l'après-midi pour récupérer la dépouille d'un cerf dont je leur avais signalé la présence dans les environs, se sont postés au bord de la route pour l'attendre et lui signaler l'entrée de ma modeste propriété. Ils ne sont pas bavards, je l'avoue, mais c'est inconsciemment qu'ils ont été mes complices. Mehani est arrivé dans la nuit. C'est lui qui a effrayé Rebecca, sans le vouloir d'ailleurs, quand les autres sont repartis en voiture.

– Je... je vous prie de m'excuser, je bredouille.

– Mehani a l'habitude. Ses tatouages ne sont pas très courants au Canada. Je comprends que son apparition ait pu te surprendre.

– Mais comment est-il arrivé jusqu'à cette cabane sans que nous le voyions ? demande Stuart.

– Il est tout simplement sorti par la porte de derrière, reprend M. Larsen. Je l'avais mis au courant de ma petite farce, et plutôt que de se retrouver seul avec vous, ignorant quelle serait votre réaction, il a préféré me rejoindre ici. Je lui avais expliqué le chemin, un trajet plus court que celui que nous avons pris. Et je vous assure que j'ai bien ri quand je l'ai vu arriver. Il avait chaussé les raquettes à l'envers !

À cette évocation, M. Larsen éclate de rire, tandis que le Maori reste imperturbable.

– Voilà donc l'explication des traces de raquettes derrière la maison, s'écrie Falyne. Nous ne comprenions pas. Nous ne trouvions pas les empreintes laissées par le « meurtrier » pour sortir.

– Et pour cause, ces traces ont été faites à l'envers. J'ai l'impression que vous avez beaucoup réfléchi à la question. Je me trompe ?

– Non, dit Stuart. Nous n'arrivions pas à comprendre ce qu'elles signifiaient, ni à les associer à une réalité logique. En fin de compte, la réalité elle-même nous semblait illogique.

– Le problème était pourtant tout simple. Seulement, vous ne l'avez pas pris par le bon bout. La logique est infaillible ; quant à la réalité, vous ne pouvez pas la changer. Si l'ensemble ne concorde pas, c'est qu'une des données de base est erronée.

– Nous avons pourtant vérifié le moindre détail, objecte Falyne. Nous avons émis toutes les hypothèses.

– Toutes sauf une, réplique M. Larsen. Et la seule intéressante. Vous avez supposé, *sans preuve,* que j'avais été assassiné. Il vous fallait donc une victime et un criminel. Il vous fallait deux personnes au moins, alors qu'il n'y en avait qu'une. Dès lors, rien ne pouvait cadrer : vous aviez un personnage de trop !

– Mais je vous avais vu mort, dit Stuart, du sang coulait sur votre visage.

– Erreur ! Tu m'as vu allongé, immobile. Mais tu ne t'es pas approché. C'était le point faible de mon scénario. Si tu étais venu constater mon état de plus près, si tu t'étais agenouillé près de moi, tu aurais dévoilé la supercherie en voyant ma figure trempant dans une flaque de ketchup !

Et de nouveau M. Larsen éclate de rire en agitant la bouteille de ketchup qu'il prend sur la table.

– Tout de même, conclut Geneviève, vous vous êtes bien moqué de nous.

– Je crois plutôt que vous avez manqué de discernement, rétorque-t-il. Vous auriez pu trouver la solution assez facilement. Si vous vous étiez trouvés dans un roman, vous auriez certainement démêlé cette énigme en réfléchissant un peu. Mais la différence entre la réalité et les livres, c'est que le lecteur est extérieur au livre, il peut prendre ses distances et penser calmement. Tandis que, dans la réalité, vous étiez terrorisés. Il y avait la faim, la soif, la nuit… Ce sont des choses que vous n'aviez sans doute pas connues.

– Merci bien, ironise Geneviève. Elles ne m'avaient pas manqué jusqu'ici. Je ne suis pas fâchée que tout soit terminé.

De nouveau M. Larsen se laisse aller à rire.

– Oh non, tout n'est pas terminé, précise-t-il. Le pire est à venir…

– Que voulez-vous dire ? demande Geneviève avec inquiétude.

– Eh bien, je crois que vous allez devoir me ramener à la maison !

ÉPILOGUE

Le retour au chalet, en effet, a été épique. Avec deux éclopés pour trois adolescents valides et un visiteur qui n'avait pas l'habitude de la neige, cela a été une véritable expédition, et nous ne sommes arrivés à bon port qu'à la nuit tombée.

En réponse à une dernière question, M. Larsen nous a autorisés à examiner sa collection d'objets d'art. Des faux, bien entendu, des répliques en bois de sapin qu'il s'amuse à sculpter en hiver, en s'aidant de ses souvenirs de voyages et de revues de géographie.

– Je n'ai plus guère envie de prendre l'avion, nous a-t-il expliqué. Alors je voyage avec les moyens du bord.

Ces courtes vacances se sont très vite terminées. M. Larsen marche en s'aidant d'une canne et la blessure de Geneviève est cicatrisée.

À la fin du séjour, nous avons décidé de ne rien dire à nos parents de notre mésaventure. Il n'est pas certain qu'ils apprécient ce genre d'humour et nous ne voudrions pas causer d'ennuis à M. Larsen, qui n'est après tout qu'un vieux blagueur qui a parfois besoin de se distraire.